U0782632

宋朝的挂件

徐慧芬　著

南海出版公司

2020·海口

图书在版编目（CIP）数据

　　宋朝的挂件 / 徐慧芬著 .-- 海口：南海出版公司，
2020.8

　　ISBN 978-7-5442-8012-9

　　Ⅰ.①宋… Ⅱ.①徐… Ⅲ.①小小说—小说集—中国
—当代 Ⅳ.① I247.82

　　中国版本图书馆 CIP 数据核字（2019）第 127823 号

SONGCHAO DE GUAJIAN

宋　朝　的　挂　件

作　　者　徐慧芬
责任编辑　雷珊珊
装帧设计　马顾本
出版发行　南海出版公司　电话：（0898）66568511（出版）（0898）65350227（发行）
社　　址　海南省海口市海秀中路 51 号星华大厦五楼　邮编：570206
电子信箱　nhpublishing@163.com
经　　销　新华书店
印　　刷　北京军迪印刷有限责任公司
开　　本　787 毫米 ×1092 毫米　　1/16
印　　张　13.25
字　　数　131 千
版　　次　2020 年 8 月第 1 版　　2020 年 8 月第 1 次印刷
书　　号　ISBN 978-7-5442-8012-9
定　　价　69.80 元

微篇小说

时 代 记 录

尚
书
房

目 录

谢谢你教我

　　山草呆住了，这上好的瓷瓶怎么会如此脆弱——就这么轻轻一抹，竟会碰掉一块！这是一只德化薄瓷瓶，造型十分别致：一段老竹，逸出一枝新篁，一只麻雀停在枝头，似在鸣唱。

　　她刚来时，主人家就关照过：挪动、擦拭这些瓷器时要小心点，这些收藏，虽不十分值钱，却是他们的喜好。

　　现在，麻雀的一扇翅膀却被她弄折了，碎片滚落下来，山草似乎听到了麻雀的哀鸣。以致，这哀鸣声久久在她心中回荡。

　　虽然，女主人惊讶了一会儿，只说了这么两句："你怎么这么不小心？毛手毛脚的！"男主人看到碎片，拾起后只重重地叹了一口气，并没说什么。可是，山草总也不能原谅自己。

　　一个月做下来，山草觉得这对夫妇有学问，待她挺好的，工资比别家给她的高些，人也和气不摆架子，家务上有些事还会同她商量。他们曾告诉过她，在她之前，找过几个都不合意，他们看上她这个山妹子，主要还是她的朴实和勤勉。

现在，由于她的疏忽，竟将他们的心爱之物弄坏了，怎么办？怎么办！神思恍惚的山草晚上洗碗时，听到瓷碗碰在一起的声音，眼泪又淌了下来。想来想去，也只有用工资作抵偿，不知行不行。她怯生生地来到主人书房里，嗫嚅着说明意思。

"你说用这个月工资抵吗？可你家里生病的母亲不是还等着用钱吗？再说，这只瓷瓶是我们一位朋友的馈赠，能用钱估价吗？即使按市场价，你两个月的工资也不够啊！"听主人这么说，她急得眼泪哗哗而下。"好了，不要哭了，放心吧，山草，我们不要你赔！"女主人拍了拍她的肩膀。"但是，作为惩罚你的粗疏，我们还是要象征性地扣掉你这个月十元钱。这是想让你记住，以后做事一定要认真仔细。人在外面讨生活，很不容易，好的习惯，会帮助一个人走向成功。就像我们的女儿，小时候读书做习题很粗心，我们花了好长时间才帮助她克服这个毛病……"这一晚，在主人的教诲下，山草的心受着感动。

谁也不曾想到，第二天，主人读大学的女儿回来听说此事，不好意思地向父母坦白出来，瓷瓶是她不小心碰坏的，她见麻雀翅膀断了，就找了点胶水粘住，再把瓷瓶转过身去。她怕父母知道了心疼，所以就没说。

夫妇俩嗔怪了女儿后，把事情真相告诉了山草，问她当时为什么不申辩一下？山草说："我也觉得奇怪，怎么轻轻抹了一下，就碰坏了呢？可是我真的这么说了，阿姨叔叔会相信我吗？”

两位主人沉默了好一会儿，男主人点点头说：“是的，山草，你这么说，也许我们会不相信，但事实上你确实没有错，就要坚持维护自己的利益。如果自己不自信、不坚持，就更容易受到伤害。你上过初中，读过俄国作家契诃夫的小说《柔弱的人》吧？生活中可不能一味柔弱啊！”

半年的时间很快过去了。山草乡下的亲戚办了个加工厂，父母让山草回家乡去上班。山草依依不舍地告别了主人家，回乡后写信给这对知识分子夫妇报平安，并谢谢他们对她的照顾和关心，感谢他们教给她很多知识，让她懂得不少做人的道理。在信末山草又加上这么几句话：

叔叔阿姨，还有几句话我不知该讲不该讲。还记得吗，我刚来时在打扫卫生中发现床下有一张百元钱，沙发背后有两张十元钱，我想，也许是你们放在那里，考验保姆的吧？如果以后你们再找保姆，我希望你们不要这么做……

纽　扣

　　艳阳高照，她右手打伞罩着我，左手搂住我的左肩。异地风情，加上这份陌生的亲近感，让我有点神思恍惚。

　　一袭旗袍裹住她窈窕的身体，我好奇，职场奔忙的女性，怎么爱穿旗袍呢？她却笑着对我说："我要用中国女子最隆重的服饰来迎接您。"

　　我确实是恍惚的。

　　五年前，她突然出现在我面前，我已经记不得眼前人了。她轻轻地报了自己的名字，又说了自己是哪一届的学生。她说："老师还记得吗，那时我长得瘦小，坐在教室靠墙一排的第二座。有一次您让我回答问题，您说，'答得不错呀，可是为啥这么紧张呢？'还有一次画女孩头像，您过来给我改了几笔说，'你看，这样就美了……'"

类似这样的话，我当然是说过不少的，可是我确实记不得她了。教了多年的美术，特别有天赋的孩子，格外顽劣的捣蛋鬼，那些面孔记忆中是不易褪去的。而她，太普通了。

她看出了我的茫然，帮我解围。她说："我初二时搬家转学了，您只教了我一年，当然是不记得了呀！后来我大学考到外地，又在当地工作成家。故乡我一年也难得回一次，但我一直在找您，打听了很多人呢！"

这一次的突然造访后，我们开始有了联系。以后几年里隔一时段都有她电话中长长的问候。今年十月长假前夕，她又一次出现在我面前，不由分说，要带我去她生活的城市看看。她说："您去领略一下南国都市的风貌吧，我在乡间也买了房子，那儿有山有水空气好，您也会喜欢的。"我感动之余，终究还有着不安和疑惑，毕竟我这个每星期只上他们一节课的副课老师，从来也没有给过她特别的照顾和关心，她却如此牵挂。

现在，我正被她拥着走进一家服装店，她一眼指着模特身上那套华美的裙装，让我试穿，并要为我买下。她说："您身上的衣服实在太朴素了。"

见我执意不肯，她很是失望，脸也红了，然而她的手臂仍搭在我肩上，那般温热。

到家后，我才发现，我外衣左肩缝处的线脱开了寸半，白色的内衣背带露出一截。她是早已发觉，只是默默将那只温热的手，遮住了我的难堪。我的眼睛湿润了！

她说："老师你坐着，衣服不必脱下的，我找出针线来，马上帮您缝合好。"

她边缝边说："老师，您现在写小说了，我给您讲个故事吧！这个故事藏在我心中好多年了，您可以当素材哦……

"从前有一对夫妇有两个孩子，大的是女孩，小的是男孩，开始父母也喜欢女儿的，后来儿子的学习成绩要比女儿好，他们就渐渐不太喜欢女儿了。为此女孩开始自卑，做事也常常丢三落四。有一次，这个刚读初一的小姑娘，早上去学校途中，外裤腰上的一粒纽扣掉了，那时候裤子不用拉链的，眼看裤子就要掉下来，她赶紧捏着裤腰往家走，到家后她让妈妈找粒纽扣帮她缝上，上完夜班刚回家的妈妈劈头就是一巴掌，对她吼：'这么大的姑娘，临上学，裤子上的纽扣也弄丢了，你就拎着裤子去上课吧！'

"小姑娘怕迟到，就一路拎着裤腰，奔到学校，上课铃已响，她不知道怎么办，就躲进厕所里哭，这时有个穿蓝大褂的老师进来了，而后这个老师就让小姑娘跟着进了她的办公室。老师拿出了针线，可是没有找到纽扣，这时只见老师从身上的蓝大褂领口处拽下一粒，那是一枚像两分硬币般大小的宝蓝色胶木纽扣，但是纽扣大，扣眼小，老师又用剪刀在扣眼处剪了一刀。老师说：'你坐着，裤子不要脱。'后来老师蹲下来，先把剪开的扣眼锁上边，然后再把纽扣缝上，之后把女孩送往教室。从那时起，女孩在心里告诫自己，以后一定要变得好一点，要有进步，要有出息，为此她也一直在努力着……"

她的声音哽咽了，而我记忆的潮水一下子涌到眼前——看到了那个躲在厕所一隅埋头哭泣的女孩。

她放下针线，双臂拢过来，拥抱我，轻轻地说："老师，我一直记得您。"

沉　香

　　决心已下，她开始整理东西。那个地方似乎也用不着多带什么，但几件日常替换衣服总要随身带的。她打开床下一只皮箱，一件真丝碎花旗袍，一副白棉袜，一双黑布鞋，一把折扇，带着陈年的气息跑了出来。最后定格在她眼前的一串沉香木手镯，更是让远古的幽香撑满空间。

　　她叹了口气，明知这些东西哪会再用呢，但她还是小心翼翼地取了出来，用一块丝巾裹好，连同几件常用的替换衣服一起放到备好的旅行箱里。

　　一切都是悄悄地进行。收拾完行李，抬头望望客厅里悬着的鸟笼，那只画眉一声不响，呆呆地看着老太太这些天的忙碌。她取下鸟笼对它说："放你走好不好？"画眉是老伴的爱物，老伴临走前对她说："就让它代我陪陪你吧。"

现在她要走了，这一走也不知几时再回来。她把鸟笼拎到窗前，打开窗门又打开了鸟笼。"腾"地一下，画眉张开翅膀飞走了。

听到她的决定，子女们惊呆了。老太太虽八十多岁了，但身体还硬朗，手脚也还利索，平时也不用家人多操心，以后即使想住养老院，也不用跑到外地啊！杭州离此地虽不算远，但哪有当地方便哪！你这朝外一走，又叫子女怎么做人哪！

她含着眼泪说："那是我的故乡出生地，老了，就想去那儿住一住，多看看，也许住不惯就回来了，就让我做一回主吧，你们依我就是大孝了。"

劝说无用，她终于去了。不到半年，她回来了。到底是住不惯，子女们放心了。

回到自家屋里，当晚，她睡得很香。梦里，他和她徘徊在西湖断桥畔。那年，她十七，他二十七。同一座师范学校里，她是学生，他是先生。身上那件碎花旗袍，是他亲手选的料。手上的折扇，扇面上一对伴侣湖畔远眺，也是他的手笔。那天是他们的最后一次会面，没有星月的晚上，他牵着她的手，从这端走到那端，又从那端走到这端，久久沉默。临别时他从怀里取出一串沉香木手镯，缓缓套进她手腕。他说身无长物，这祖上留下来的一点念想，也只有她戴了才好看。

她泪流不止，得知父母不允这门亲事并已将她许了人家后，她已哭肿了眼睛。他也有泪，而后咽下，轻轻劝慰："依了爹娘吧，那后生听来不错，家境也比我好，你找了个好人家，我也会放心的。"还有些话他是藏在心里的，他是怕她担心，抗日战火正烈，他已接到组织通知，即将潜入敌区。

两年前，得知她老伴已去世，他找到她，嗫嚅道："小娥，我还是一个人，我们是不是还可以……"见她垂泪不语，他心痛了，问她是不是顾虑子女儿孙啊……

这一次，是她找到他。养老院里，他中风后，口齿不清楚，但她还是听出来了。他说："小娥你还是来了呀……""是的，来了，我在你边上，不走了。"她伏在他耳边，轻轻告诉他。

她在他身边，陪了他九十九天，为他送终。她把她的碎花旗袍，她的黑鞋白袜，还有那把折扇，一起葬在他的墓穴里，只把那串珠子缓缓套进自己的手腕。

沉香木的气味让她的梦跌宕起伏。梦里，一会儿两个人，一会儿三个人，一会儿一群人，一会儿又一个人。她的梦很长很长。

生命切片

　　这一刻，他觉得自己的心脏仿佛冷却了。他勉强伸出微微颤抖的手，抹去积在眼窝里冰凉的泪水。不是害怕，这种病，他是早就知道有两种结果的：手术成功，可以多活几年；手术失败，直奔黄泉。

　　是愤恨、委屈、忧伤产生的悲凉。今天这个日子，这个有可能从此踏上不归路的日子，他的身边应该是有亲人的。妻早已与他分手，但是那一双健健康康的儿女呢？那一对也已为人父母的儿女呢？却以忙的借口，将老父丢给了外人——一个小保姆，连在父亲床前站一会儿都不肯。在一次次上门搜刮老头钱财的时候，在一趟趟求老头替他们开这个那个后门的时候，他们忙过吗？现在自己老了，退了，病了，他们也忙了！他愤愤地想，势利啊！畜生哪！一条狗也还懂得些回报呢！

直到上了手术台，麻药起了作用，他心头的翻滚才平息。

当他睁开眼，发现温暖的阳光透过玻璃窗投射在床上的时候，他才意识到，自己又活了过来。

手术十分成功。外科主任向他道喜，并把一位中年医生介绍给他："这是刚刚从国外讲学回来的大专家，新中国培养的第一代医学博士，我们特地把他从机场直接接到这儿来救老局长的命，退休老人的命也值钱哪！"外科主任亦庄亦谐。

他吃力地睁大眼睛盯着这位救命恩人：方脸、剑眉、大鼻，似乎面熟。微突起的上颌，有手术缝合过的痕迹。

蓦地，他的心一阵痉挛，一种恐惧使他不由自主地闭上了眼睛。

直到他再一次睁开眼，周围已不见了白大褂，他才强迫自己回首往事——将一个他曾丢弃的婴儿与这个有着非凡能力的救死扶伤者联系起来。

是的，不会错，遗传的相貌做证，兔唇缝合后的疤痕做证。

四十多年前，他与一个女大学生偷食禁果，有了这个孱弱的生命，在犹豫了一段时间后，终于将母子遗弃。三十年前，一对患病的老夫妇辗转多处，打听到他这个生父，领着十多岁的养子找上门，求他认领，因为这对患病夫妇将不久于人世。他那时正在上升阶段，在沉默了一会儿后，"理智"让他严肃地告知找上门的人，是他们搞错了。现在，命运似乎在跟他开玩笑，硬把他不要的儿子送到眼前来。

整整半个月，他受着煎熬，到他熬不下去的时候，他终于决定在见到死神前，先在他遗弃的儿子前，说清自己的罪孽。

　　医院草坪的一角，一张石桌前坐着两个人。一个头发雪白，一个头发花白，相对着像在下棋，然而面前没有棋盘。一个老泪纵横，一个眼圈微红。

　　倾吐之后是长久的静默。终于，儿子拍了拍父亲的肩膀，轻轻叮嘱："当心身体。"

　　他缓缓抬起头，嗫嚅道："我想问一句，如果当初你知道你要挽救的是一个曾遗弃你的人，你还会赶来吗？"医生沉思了一会儿缓缓说道："这是不用问的，救死扶伤是人道，是医生的天职。"

　　"那么，我还想问一句，在我行将就木之前，你是否会宽恕我这个罪人？"他的眼中有一种渴望，声音却轻微。

　　医生沉默了，慢慢站了起来，又坐了下去。

　　"这个问题，我的看法是这样的，"医生想了一会儿说，"每一个人，一生中难免会犯这样那样的错误，有的错如擦伤点皮，可以原谅；有的错如伤筋动骨，不容易原谅；有的错是粉碎性骨折，无法复原，那就用不上'原谅''宽恕'这些词的。"医生平静地打着比方，述说着自己的观点，像是在对医学院的学生上课。

　　他活到六十多岁，做了近三十年的"官"，还是第一次听到这些让他彻底醒脑的话。一刀见血，虽痛，然而痛快。他的脑子已被人捅了个洞，丝丝光亮开始漫进。望着儿子，他想，所幸的是，他离开我这么个自私的人，塑造得如此之好。

夕阳映过来的时候，俩人站了起来，握着手分开了。

他被儿子救活后又活了多年。临终前，他立了遗嘱，一切财产捐献本市一家孤儿院，遗体供医学院解剖。

春天的证明

　　他是在秋叶飘落的时候，知道了自己也将枯萎了。两个疗程下来，牙齿松了，舌头麻了，头发光了。手，竟连一支笔都握不动了。生的信念也同风中的一片枯叶飘走了。他想，也好，一生太累，此番可以长眠了。

　　但是，他的妻子，一个大他几岁的女人却不放过他。

　　母亲般的慈爱，父亲般的威严哄着他，逼着他吃。"来，再吃一口，再吃最后一口，只有吃了，才有力气，你要听话！"

　　母亲般的慈爱，父亲般的威严哄着他，逼着他起床锻炼。"来，早上空气好，先伸胳膊，再抬腿，蹲下来，再起来，再做一遍，慢慢你的体力会恢复的，不要怕烦！"

　　母亲般的慈爱，父亲般的威严哄着他，逼着他继续写作。"来，纸和笔都准备好了，随便写一点什么，练练笔也行，你是喜欢写作的，怎么可以不动笔呢！"

就这样，她的目光注视着他，她的声音召唤着他，她的手搀扶着他。他的心灵与肉体度过了严寒。

春天了，他的生命仿佛也如春草般绿了起来。他的脸色好多了，身上也有了一点力气。他想，是她的生命滋养了他。他抚摸着那双倍加苍老的手，对她说一些感激的好话。她轻轻抽出手，笑了笑，用手指弹了弹他的额头："谁，谁叫你是个小男人呢？"

这一年，春天住进了他的书房，再也没有离去。她为他购置了一幅关于春天的画，悬在书桌这端的墙上。画上，成片的绿叶中，一个农人弯着腰忙碌着。天晴日丽，空中有唧唧飞过的小鸟。

她对他说："你不是计划中有一部书要写吗？我看，现在可以开始了。不要想着能否出版，要为自己写，写了，你的心才能平静。但不要太急，一天写千把个字，写好了念给我听听。我相信你，你一定能写出好作品。"

是的，可以开始了。他含笑应答。从此，他日出而作，日落而息，像农人一样很有规律。一千多天过去了，废纸千张后，有了一部书稿，他起名为：春天的证明。当点上最后一个标点后，他用足力气在卷首添了六个字：献给我的妻子。然后慢慢倒在椅子上，没有起来。脸色依然红润，如同熟睡一般。

哀痛中，她深深责怪自己的疏忽，为了多打一份工，把一个也许时刻都需要人照料的大孩子，那么放心地留在家中，整日劳作！

整理遗物时，意外地发现，他抽屉的角落里竟藏着一盒女人化妆用的胭脂，同胭脂放在一起的是一份折叠得很小的病情诊断书。诊断书上三个月前的记录告诉她：三个月前，他的病已经扩散！

她的目光定格在遗像前。忽地，明白了——最后的日子里，正是胭脂的红润，才瞒过了她的眼睛！

泪如泉涌。她吻着遗像，轻轻念叨：谁说，谁说你是个小男人呢？

费 姨

"

费姨是我姑妈家的邻居。她的个性是她这一辈女性中不多见的。她在人生紧要处所表现出来的那种大气、睿智、幽默一直深深地吸引着我。

美丽的故事，来自她婚姻的传说。

费姨美丽而不漂亮。美丽的是一双会说话的眼睛和一架高高的鼻梁。不漂亮的是鼻子以下的那部分。因为小时候跌了一跤，下颌骨没长好，以致整个下颌连同嘴巴有一点偏。

该恋爱的时候，家人、亲戚和熟人都有点为她犯愁。费姨说："我都不愁，你们愁什么？"她能画会写，还会弹一手好钢琴，要求自然不低。可是人们明示暗示她，白璧微瑕，而且这瑕还不算微，总该找个也有点儿疵的才般配。

费姨不理睬，依然找她的白马王子。她看中了一个常在报刊上发表诗文的工人作家。费姨写了一封信，附了一张照片给作家，言辞热烈又庄重，照片拍得美极了。年轻的姑娘手持一朵玫瑰放在嘴边，眉目含情，亦娇亦羞。

通了几封信后，工人作家满怀憧憬来了。看到费姨大为吃惊，编了个美丽的谎言，告辞了。

费姨明白作家的意思，又写了一封信约他来，说，不为别的，只是他丢失了一样东西，请他务必来取。

作家疑疑惑惑地来了。费姨开门见山："我的照片让你心动，相貌又让你心酸。但是看人不可只看外貌。上次看人你只用了一双眼睛。作为作家，你少了一双观察人内质的眼睛是不行的。现在我要还你丢失的另一双眼睛。"

于是费姨搬出了她画的画，取出了她绣的花，又拿出了一堆她制作的工艺品。会响的风铃叮叮当，不会响的泥塑是猪八戒吃西瓜。作家乐了。

最后，费姨又坐到钢琴前，对作家说："你要走了，我唱支歌为你送行吧。"琴键跳跃，歌声激荡。费姨唱起了《深深的海洋》，那是五十年代流行的一首南斯拉夫情歌。当最后一个音符消失的时候，作家的一双眼睛已是晶莹剔透。

就这样，费姨给了作家另一双眼睛。他们不顾旁人异样的眼光，甜蜜地结合了。

作家确实获得了一双好眼睛。1957年，作家被发配到大西北，不忍连累年轻的妻子，主动提出离婚。费姨牵起丈夫的手，将那首民歌《在那遥远的地方》唱成：在那遥远的地方，有位"右派"郎，我愿做一个"右派"娘，跟他到远方……于是，苦难中的丈夫破涕而笑。

从五十年代到改革开放，费姨一遍又一遍为丈夫唱起情歌。相伴走了三十多年，丈夫终于先费姨而去，而一双儿女又去了异国他乡，上了年岁的费姨有些孤单了。

费姨在公园里锻炼。她的能歌善舞，多才多艺，加上与生俱来的幽默，自然成了老年圈子里的中心。或许老年人择偶已不太重外貌了，两位丧偶男士，一个退休工程师，一个退休教师，两个人暗暗较上了劲。可是费姨对谁都是那样的热情、那样的亲热，让他们都认为自己才是费姨看中的人。

可是，让两个文化人百思不得其解的是，费姨最终竟看上了一个种花匠。

一次路上，我碰见了费姨，我说出了自己的疑惑。费姨眨着眼睛说："为什么呢？我觉得那两个人缺少一点文化气！"工程师与教师竟缺少文化气？此话怎讲？费姨附在我耳边，轻轻告诉我，她通过一次活动——公园里老年人组织的一次钓鱼活动，使了一个小小的诡计，看出了那两个高文化的人不及那个低文化的有文化气。我忍不住笑了出来。费姨说："以后跟你仔细讲讲，提供一点小说素材吧。"

我虽仍是疑惑，但我知道，顺理成章的选择，也就构不成费姨独特的魅力。费姨就是费姨。

阿 洵

　　生活曾经给阿洵开过一个玩笑。玩笑就是玩笑，很多人当它一个玩笑也就过去了。可是阿洵不这样，阿洵走不出自己织下的网。

　　那年三十岁的阿洵遇到了二十六岁的郎生，同在一个小单位，可位置不一样。阿洵是坐办公室的，郎生是后勤组打杂的。二十六岁的郎生是个孤儿，从小失去爹娘，生活上粗糙而马虎。阿洵心眼好，空下来常常帮他洗衣服，还帮他整理那间乱糟糟的小屋子。

　　一两年下来，彼此有了感情。大家都说，郎生找了阿洵，这是他的福气，而阿洵找了郎生则是女人的糊涂。有些后生常用羡慕的口气与郎生开玩笑，说他找了个好姐姐，郎生则傻笑着搔搔后脑勺，一脸幸福。

然而天有不测风云。就在别人打听他们婚期的时候，郎生却甩了阿洵，找了个"妹妹"。郎生帮单位里一个同事干了几天力气活后，那个同事看中了郎生的力气，就鼓捣着把郎生介绍给了自己的一个亲戚。

别人再怎么说，阿洵年纪大、脸色发黄不漂亮，可你郎生也有自己的脑子和眼睛，既然如此，何必当初？有打抱不平的就去问郎生，怎么黑了良心？郎生学会了乖巧，回答："我是一直把她当姐姐的，没有其他心思。"阿洵听了别人传过来的话，只是沉默，沉默得可怕，只有一双终日红肿的眼睛告诉你，她的悲伤有多深。

郎生很快和"妹妹"结婚了。只是阿洵十年来，调了两家单位，仍是独身。很多热心人为她牵线搭桥，可阿洵总是摇头。心如古井，别人渐渐也就热心不起来了。

"你就这么一辈子苦自己？"有一次我对阿洵吼了起来，"那个无情无义的人有什么值得你留恋的？即便是月亮，他已掉在水中，你为什么要用青春去赌他？"

阿洵号啕起来，第一次在我面前泪如雨下。阿洵悲愤地说，"我死也不服，他哪里是把我当姐姐！他害我呀！"我不让阿洵再说下去，我明白女人的苦楚，有些事只能是烂在肚子里的。

孤零零的阿洵住在热闹的大家庭里，兄弟姐妹一大群。十多年来，她帮衬着父母给一个个弟弟妹妹成了家。她做了姨妈姑妈之后又帮着带大了一个个侄儿、外甥。大家庭的里里外外都在她的心上，忘掉了的是她自己。

今年春天，我一个同学的男同事丧妻之后，托人想找一个贤惠的、没有负担的续弦。听说男人人品好，我便想起了阿洵。就试着去和她说。想不到阿洵竟答应了见见面。阿洵说，家里也一直催，大侄女已找了对象，没有婚房，她老赖在家里也不好。我说什么呢？这个阿洵，老为别人活着。但愿命运之神以后不要亏待她！

两人见了面，似乎也有些缘分。以后一周一次或两周一次见见面，谈得挺顺利。半年后，我问阿洵怎么样。阿洵腼腆地说，挺老实的，对她挺尊重，到现在手都没拉过，阿洵说这是个正派人。我知道阿洵已是喜欢了，因为她已在织着他的毛衣。

正筹备结婚时，男方突然病了，生了慢性肝炎。虽不需要隔离，男方还是主动提出减少见面，多通通电话。不少日子后，男方的肝炎仍不见好，男方似乎对婚姻有些失望了。阿洵则总是安慰男友安心养病，来日方长。

后来，我从同学口里听到事情的真相，那病三分是真的，七分是假的，到议论婚事时，男人才知道工作了二十多年的阿洵，全部积蓄还不到三千元。男人觉得阿洵太傻，傻得把钱都支援了别人。男人害怕了，但他知道阿洵对他好，不忍主动提出分手，故此借病想让阿洵渐渐断了念头。

世上的人本是各式各样的，没有什么充分的理由可以去责备这样的男人。可是，可怜的阿洵呢？她是那么一种痴心的女人啊！夏天刚过，她已经把男友的厚毛衣、厚毛裤都织好了。

长痛不如短痛，我决定把事情的真相告诉阿洵，重财轻人、目光短浅的男人应该让他去找同类，阿洵对他不合适。

我打了电话，阿洵来了。阿洵打开一只沉甸甸的包，取出两摞全年本的《中医内科》杂志。阿洵说是托人借来的。她全都翻过了，找到好几则治那种肝炎的文章，她想说服他试试看，问我行不行。

阿洵又告诉我，她发了一笔财。她的祖父把老家不用的一幢小楼卖了六万元，指定是给阿洵的，说她多年来为家中作出了牺牲，这是作为补偿的。家里兄弟姐妹都同意，都让阿洵一定要收下。阿洵说："这些钱，我想好了，三万元让他把前妻生病欠下的债还掉；还有三万元，一万元给他治病补点营养；一万元办婚事，简单点可以了；另一万元留着，他那个儿子快上大学了……"她问我，"你说这么安排好不好？"

我该说什么呢？阿洵！阿洵！我的心早已呻吟起来，喉咙口已被堵住了。

小 米

　　记忆中的小米，一直是那个胖胖的丑姑娘。几十年一晃，老了。丑，总是更加的，只是却没想到如今竟是瘦得这样的厉害。

　　小米是我小学时的同学，从小就长得很丑，丑得一点都不讨人喜欢。一张大嘴，嘴皮翻起，眼皮上有块跌伤后留下的疤，疤没长好，使眼皮有点吊起来，让人觉得两只眼睛大小很不一样。

　　小米三年级转到我们班上来后不多久，大家就发现，这样一个难看的女孩还喜欢说谎。她偷了家里藏着的糖果，带到学校分给同学吃，说是她妈妈专门买给她吃的，买了好多好多。可是，那天，她摇摇晃晃拎着一只大马桶走着，她妈妈迎面上来，伸手就是两记耳光，原因就是她偷了糖果还不承认。有一个同学看到了，全班也就知道了。大家都说小米骗了人，以后不吃她的糖了。

过了一学期，班里来了两位实习老师，班主任要大家穿得干净点，迎接新老师。小米却从书包里掏出一块漂亮的丝围巾围在脖子上，很自豪地告诉大家，这是她的小阿姨送她的生日礼物。后来她的小阿姨当着同学的面骂她是贱骨头，偷了她的新围巾。以后，没有一个同学相信她的话了。但是，她仍旧经常不断地说谎，又一次一次地被别人戳穿。

说谎是不老实的行为，当然不够资格当少先队员，所以到了五年级，小米还是入不了队。后来她又做出了一件更严重的不老实的事情。那次我们中队去少年宫搞活动，当然，不是少先队员，不戴红领巾，少年宫门口是不让进去的。这次，辅导员对小米说："你也去吧，你候在门口，等我来了，带你进去。"可是等我们进了少年宫，发现她早已进来了。辅导员问她："你怎么进来了？"她说是看门的老伯伯主动放她进去的。后来别班有个同学告诉辅导员，他看见小米慌慌张张从口袋里掏出一条红领巾往脖子上一系，进门后又赶紧扯下来藏在口袋里。辅导员问小米："是不是这样的？"小米说是别人瞎说。有个同学就一伸手从她口袋里扯出了红领巾。这样，大家便很气愤，气愤她竟敢冒充少先队员。以后大家经常骂她："不要脸！骗子！冒充少先队员！"

过了几年，碰到上山下乡，小米和她的弟弟都属于"一片红"，就一起回到他们老家乡下去插队落户。又过了几年，她妈妈退休了，有政策可以让子女顶替，小米的弟弟就上来顶替她的妈妈进了工厂。小米就在老家生了根，嫁给了当地一个驼了背的村办厂厂长。小米的乡亲告诉过小米的娘家人，那个驼背脾气很坏，喝醉了酒，常常骂小米是丑八怪。驼背又嫌小米乱花钱，就把钱统统藏起来。小米买布做一条短裤的钱也要向他讨。可是小米回娘家时，还是骗大家，说她的男人待她很好，很看得起她。她男人偶尔发发小脾气，她只要眼睛一瞪，男人就乖得一声不响了。她说她很有威信，两个孩子也听她的话。

又过了几年，又有政策，知青的孩子可以报一个户口回来。男人说，两个丫头，弄一个回上海吧。她就到娘家来和父母兄弟姐妹商量。大家说，哪来地方住？难办得很哪！她回到乡下，又骗男人说，家里的兄弟姐妹抢着要她的孩子住他们家，可是她想来想去还是舍不得让孩子离开亲爹娘。男人知是她的谎话，骂了她几声十三点只好罢了。

前年，她的老娘风瘫了，家里写信叫她回来一次。兄弟姐妹说："我们都要上班的，工作跑不开的，要么你来陪陪老娘，要么大家出点钱，请个人帮忙。"小米当即就掏出一千块钱，说是她男人叫她带上的。回到乡下，她男人一把揪住她的头发，问她家里的一千块钱哪儿去了，小米说"我怎么知道"，男人要往死里打她，小米只好说拿了这钱是想到上海为男人买一套样子好点的西装，结果钱丢了。男人哪里信她，男人说他总要到上海来问个究竟。吓得小米赶紧跑到邮局打电话给娘家："不要说我给了你们一千块钱。"这一次她自己戳穿了自己的谎话，气得她娘家人骂道："这辈子就没一句真话！"

看来，小米娘家人的话是对的。到死，小米仍在说着谎话。去年，我在火车站不期碰到小米，见她如此瘦削，不免诧异，她却告诉我无甚大病。其实，她是来上海查病的。查出来得了肝癌，已是晚期。她是知道的。但她却对家里人说她只是生了一个不要紧的囊肿。所以直到她死后，家里人才知道小米又一次骗了大家。

现在小米已经去世了。如果她的灵魂能升入天堂，我相信她在那儿大约是不会说谎的。

板桥画米

铺纸，研墨，落笔。一笔，二笔，三笔，再添一笔，反反复复。少顷，一纸碎叶。六十一岁的郑板桥罢官回乡的第一宿，半夜里被贼闹了一下，没睡着，第二天一早立在案前，一管在握，随意挥洒。

"大人是画画还是写字？"一旁的书童阿大有些不解。"你看呢？""我看呢，像是一丛一丛的竹叶，但又像一个一个字。""哪个字？""一笔二笔三笔四笔，这不是个'不'字吗？""好！阿大的灵气被我熏出来了，知我者阿大也！""大人写这么多'不'字干什么？""你猜猜看呀！""那我就猜猜看，大人不当官了，一个'不'字；大人不喜欢说假话谎报民情，一个'不'字；大人放粮赈灾不怕得罪朝廷，一个'不'字；我看最主要的是大人不喜欢钱，所以就不得不回老家喝粥了……"

"哈哈哈，好你个小子，谁说我不爱钱，现在我最爱钱了！"板桥蘸墨，左横右扫，竹子跃然纸上。

"把这个拿去街上卖了，记住，还是以前的润格，大幅六两，中幅四两，小幅二两，卖了快买点米来，昨晚夫人说了，米缸空了……"板桥把画交给阿大。

"大人不会多画些吗？多换些银子还可添些其他的……""嘿，刚才还说我不爱钱，封我清廉第一，现在倒要我当银子的爹啦！快去吧，阿大，银子都在我手上，想要了，变出来就是，钱够用就行了，多了，要坏事，昨晚梁上君子不是来过啦！"

阿大携画出门。门外跪着一老一少。阿大折回禀报。

"郑大人呀！我领孽子谢罪来了，这个孽障，昨夜作孽作到府上来了！郑大人是个人人称道的清官，孽子有眼无珠，竟然冒犯，这个不争气的东西……"老妇人边诉边哭。

"这不是小阿狗吗？十多年前我出去时，还只有七八岁，原来昨天夜里是你来看我呀……"

"大人，爹病了想喝粥，家里米没有了，昨天知道您回来了，听人说'三年清知府，十万雪花银'，我想大人再清廉，家里银子总有些的，所以我就翻了墙，银子没摸着，倒打翻了一盆兰花，我罪该万死……"阿狗羞愧地哭了起来。

"阿狗呀阿狗，你偷鸡摸狗为老爹，也算是个孝子，且饶了你，送你几两银子吧。"板桥拿过阿大手中的竹子，递给阿狗："拿去街上卖了，就说郑板桥的竹子，一幅四两，换些银子，买些米，给你老爹煮粥喝吧。"

阿狗母子拜谢走后，板桥复又握笔，少顷，一纸墨竹，递交阿大："换米去吧。"

窗外，飘起了大雪，六十一岁的板桥取出自拟的《潍县竹枝词》轻轻吟读。

松龄惊梦

　　燃一丛艾叶，烟飘飘忽忽升了起来，粉墙上也就有了一晃一晃的影子。蚊子哼着曲儿逃走了，汗珠却从额上吧嗒吧嗒落在砚池里，砚池里腾起一圈一圈墨花儿。汗珠也滴落在素纸上，变成一朵一朵淡淡的黄花儿，慢慢洇开，无声无息。

　　油灯下，赤着膊的蒲松龄忽而笔走龙蛇，忽而凝眉沉思。幻想着，编织着故事。少顷，搁下笔，擦了把汗。眼睛依旧盯着粉墙上的影子。渐渐，影子化成了人形，一个个婀娜多姿，飘飘欲仙……

　　白天，那个苦命的砍柴郎的故事，在脑中翻滚。松龄叹了口气：古人曰，月有阴晴圆缺，人有悲欢离合。在黄土垄中独自睡了二十年的姑娘啊，可曾看到你的砍柴郎已是半头白霜，仍唱着单身汉的山歌，日日在你坟前长箫吹断独徘徊！缕缕烟雾化成了姑娘的身影。姑娘掩面垂泪：我可怜的郎君呀，阴世阳间隔着一重天，爹娘为了财产把我许了人，我纵是不依，也成了别人家祖坟里的媳妇了，你也该好自为之呀……

蒲松龄眼中的水汽，凝结成水珠，落了下来。姑娘渐渐变成了阿仙，那个在驿站小桥边与松龄一见倾心、相见恨晚的佳人，那个在小桥驿站里与松龄一夜长谈挥手泪别后即去了广寒宫的阿仙，也从云间走了下来。素衣长裙，袅袅婷婷，走了过来，掀起幔帐，伫立良久，用哀怨的神色瞅着他：相公呀，相逢何必曾相识，相知又为何长分离！

"阿仙！"松龄长叹一声，"天人永隔呀！你若有情，天天托梦给我，告诉我，你在天上好不好？""天上虽好，独酌无相亲！天上再好，泪比长生殿上多！"阿仙泪盈盈。

"阿仙！阿仙！"松龄长号。

阿仙过来了，摸摸他的头，拉拉他的手。"老爷，老爷，醒醒！你怎么写着写着就睡着了呀！"松龄揉了揉眼睛，阿仙已成了茅屋里的糟糠妻阿宝了。

"老爷，老爷，醒醒呀！快擦把汗，喝盏茶。老爷啊，我明白你心中的苦，倘若阿仙活着，你喜欢，我们总是要接她来家的，可是阿仙已经走了呀，老爷千万不要太伤神呀！"

阿宝的声音唤醒了松龄。松龄看清了眼前的确是发妻阿宝呀，粗布衫，菜黄脸，一手摇蒲扇，一手端茶盏。这是为他生养哺育、烧饭洗衣的阿宝呀，纵无诗情画意，也举案齐眉啊！

轻轻唤一声阿宝，松龄面有愧色。握着阿宝的手，看着阿宝的眉眼，松龄抹去了眼角的泪。

蒲松龄以后故事中的女子，天上、人间，化为一体。有天人的才情与模样，也有世俗的贤良与实在。她们风花雪月、琴棋书画，她们也耕织浆洗、经营生计。蒲松龄永远生活在她们中间。

阿炳拜月

今夜可是良宵？唐人有诗：中庭地白树栖鸦，冷露无声湿桂花。今夜月明人尽望，不知秋思落谁家？落谁家，落谁家，我无家。唉，十五夜，家家都在吃着团圆饼，明月也照着我这身破衣衫。且让我操一曲，为这人间的悲和欢。

胡琴起，咿咿呀呀，忽缓忽急，忽泻忽收。明月、山泉，和着不尽的心思从指间流出。渐渐，街上游人围拢，侧耳倾听。

"叮当！叮咚！"一枚一枚铜钱从听者手中抛进一旁的瓦钵。

操琴者，姿势依旧，铜钱的声音未曾入耳，他已沉在梦中。

梦中的少年，身在惠山里，他采山间花草，也摘泉边树叶，放一片唇边，口中便有黄鹂画眉飞出。渴了，掬一把清泉，灌浇一下喉咙，也淋湿了眉眼和衣裳。红花、绿草、蓝天、白云，还有青黑的松林、银白的飞泉，太阳挂在头上，月光倒在水中……眼睛怎么看也看不够啊！可是，现在我的眼前是一片黑，我睁大了眼睛也看不见！十五的月亮今夜圆，为啥照不亮我的眼！有谁能解落魄人的怀？……

咿咿呀呀，琴声呜咽。有水汽在操琴者眼角闪亮。水汽也在听琴者心中漫洇。

"阿炳！阿炳！你在这儿啊，让我找得好苦！"烧饼店的阿三，拨开众人，气急败坏。

"阿炳，早上跟你说好了，你怎忘了？莫老爷的客人都到齐了，酒也备了，香也点了，月也拜了，就差你一把琴了。"

"阿三，我跟你说过，不去的，我人穷衣脏，进不得莫老爷家的厅堂。"

"哎哟哟！莫老爷想得就是周到，早给你备了一套新衣衫，快把脏衣脏鞋脱下换一换。"

"阿三，今晚我哪儿都不想去，就在这月光下过一夜，要拜一拜这好月光……"

"嗨！你真是瞎折腾！穷排场！有福不会享！是看见瓦钵里钱多啦，舍不得走？莫老爷把你当客敬，备有酒菜、月饼、鲜果、蜜饯，赏钱还会少了你？快去吧，莫要不识相！"

"休再多言，我不去就是不去！"

"小阿三，别坏了大家兴致，我们要听琴！""走走走！阿炳不去，你去讨赏钱吧！"众人嚷嚷。

"娘，莫老爷家有好多好吃的呀，他为啥不去呀？"有小儿轻声问。啪！妇人赏了小儿屁股一巴掌："听！"

　　咿咿呀呀，琴声又起。明月、清辉、高山，流水从指间淌出。

把我的礼物送给他

镜子中的她，经过一番打扮，仍有着十分姣好的面容。今天早晨，她在镜子前逗留的时间有些长了，心情也像一朵半开的花，羞答答地有所期待着。

想到这三个月的变化，她的心仍像一头碰到猎人追赶的小鹿般乱奔起来，两团红晕忽地涌上面颊。她曾不止一次地问过自己：这样好吗？她回答不出。潜意识里仿佛有一个声音替她回答：一切顺其自然吧。但是她又害怕这个声音会无止境地引诱着她，朝那不可测的深处走去。

三个月前的一次老同学聚会，她碰到了她的初恋情人，那个十年前分配去了外地的 A 君，现在居然又回到了这个城市，成了一个大集团的副总。

当初，因为她的家人极力不允，俩人才忍痛断了这份缘。

聚餐会上，老同学们都捧着酒杯，向A君祝贺，她的心情可想而知。她极力想躲避那两团灼人的目光，然而她却欲罢不能。四目相对，流出的恰似一部长篇小说。渐渐地她不胜酒力，醉倒在席间。是好心又爱多事的同学们起哄着，让A君抱起她，放进他的车内，让他的宝马载着她去公园湖畔吹吹风、醒醒酒。

她被湖畔微风吹醒过来，发现A君正含情脉脉地注视着她。"老同学，这么些年你过得还好吗？"这是俩人坐在湖畔石凳上，他的开场白。

她笑而不答。于是他又说了一句："婚姻像鞋，舒服不舒服只有自己知道，别人不能体会，是吗？"

谁说不是呢？她与丈夫，八年婚姻，正像脚上的鞋，虽是按自己喜好、尺寸选择的，但刚穿上总不太习惯，多跑了点路，脚还要痛。开始几年里，俩人磕磕碰碰，架没少吵过，以后，就像这鞋子磨软了，彼此也渐渐适应了。八年了，鞋子穿习惯了，但磨损得旧了，看起来就不太顺眼了。现在她看到她那个终日忙忙碌碌、勤勤恳恳、无甚建树的丈夫也不太顺眼了。

A君已是离异独身，向她发动了有步骤的攻势。三个月里，他向她发出了花样颇多的十次约会邀请，她犹犹豫豫地接受了四次。今天是2月14日，西方的情人节，又正好是休息日。半个月前，他就告诉她，他准备带他到西郊的高尔夫球场，教她打高尔夫，俩人放松放松好玩个畅快。

她一个晚上没睡好。她瞅着边上鼾声大发的丈夫，心里怨道：死人！光知道上班，你若懂点风情，明天请个假，不再加班去，陪我玩一天，或者买束花，讨好我一下，我哪会跟别人跑！

早饭后，她仍有些犹豫。她躲在卫生间里，取出一枚硬币，正面反面地扔了好几次，没了兴趣，算了，出去玩一次，又能怎样！

六岁的儿子，是个精灵鬼，见妈妈打扮得这么漂亮，就问："是带我一起出去玩，要拍照是吗？""不，儿子，今天妈妈要去看一个同事，他生病了。"她编着谎言。"我跟你一起去看他好吗？""不，他住在医院，医院里细菌多，小孩子去不好。我先把你送到姥姥家去，然后再去医院。"她一面说，一面在心里骂自己是个骗子。"那你去看同事要送礼物给他吗？"儿子又问。"当然要送啰！你看送什么好呢？"她逗儿子。转眼，儿子奔到他小房间里，取出一幅蜡笔画，举到妈妈面前说："老师表扬我这幅画画得好，把这幅画当礼物，送给你的同事好吗？"

她慢慢展开画面，出现在她眼前的是三双紧紧靠在一起的鞋，左面是一双高跟女鞋，右面是一双大头男鞋，夹在中间的是一双童鞋，儿子将三双鞋的颜色涂得十分灿烂夺人，画面上歪歪斜斜地写着一行挺大的字：我的一家。

她的手有些颤抖了，眼睛久久注视着画面。猛地，她将儿子抱了起来，狠命地亲吻着。手机再一次响起来之后，她在里间接通了电话，出来后，告诉儿子："那位同事已经病好出院了，妈妈今天不去看他了，妈妈现在准备带自己的小宝贝出去好好玩一天。"

"那么以后他上班的时候，你再把画送给他吧。"儿子小心翼翼地把画卷起来。"好的，妈妈以后一定把你的礼物送给他，让他好好收藏着。"她一边回答儿子，一边悄悄地抹去了眼角溢出来的一滴泪。

世相录(四题)

眼　睛

他突然倒在案桌前,醒来已失语。

他睁开眼,艰难伸出一指,指向自己的眼睛。

儿子略忖,顿悟,泪泉涌。父亲曾不止一次对家人说过:一生多难,身体已衰,唯眼睛尚亮,死后就把角膜捐出,给人间添份光明吧。

心痛,难舍,但又怎能违背?儿子取来笔墨,手颤抖,替父写下遗嘱,将它放置父亲眼前。

他注目良久,复又伸出一指。儿子再看,惭愧,慌忙中,竟错了一个标点。

工工整整,重抄,再呈上。他按下手印,目含笑意。

一个月后，他去世。碑文很简单：祁光明，存世六十载，乡村教师四十载。

鼻　子

烧饼铺隔壁搬进一卖活禽的。杀鸡宰鸭，烧饼老板嫌臭，要其搬走。卖活禽的不从，并奚落："你只管闻饼香，何必嗅禽臭呢？"烧饼老板气恼，拳脚相向，未果。

为邻初，龃龉不断，后渐渐平息。再后，两家竟和睦。某日，卖活禽的诳称："不日就要搬走。"烧饼老板闻讯，拽手挽留："既成友邻，何必再搬呢？"卖活禽的笑说："不搬，每日送我俩烧饼即可。"烧饼老板捶其一拳："何不早说呢！"

嗣后，卖活禽的对妻说："属你厉害，别人弃之的，你做人情送上门，每日一点鸡肠鸭血，就将他鼻孔堵住，分不出香臭了。"

嘴　巴

某君，嗜吃，人称老饕。一日赴宴，满桌野味。老饕笑谈："均尝过，唯天上龙肉尚未亲近。"

是夜，老饕卧榻，忽电闪雷鸣，一庞然大物披鳞挂甲，破窗而入，扑至老饕榻前。老饕惊问："谁？"大物笑道："闻君念我，特来拜访！"言毕，长须轻拂老饕脸面。老饕定睛片刻，遂揽须入口，一阵风卷残云，大物已入老饕腹中。

俄顷，老饕脸色骤变，全身痉挛，狂吐不止。竟吐出浊土一堆，宛如坟茔一座。土中传来嗡嗡之声："君可知，千万年前，吾本地球上头号老饕也……"

老饕大骇，梦醒。自此，性变，成素食者。

耳　朵

两人交往快一年了。她觉得该征求一下母亲意见，作出决断了。

她买了三张电影票。他随她踏进影院。他不知道有一双眼睛一直盯着他。

母亲向她摊牌："不行，耳朵小，小耳之人没主见。你爹就是榜样，一辈子拿不起大主意。你不能步娘后尘，再吃亏。"

可不，她也觉得父亲太窝囊，事事处处听娘的。可不，她也发现那人无主张，买件小东西也要征求她，这个可好，那个行否？

思来想去，一辈子的事，主意要拿定。她忍痛，断了。

他不死心，穷追不舍。直到三年后，她的大耳朵丈夫将她打出家门——才歇手。

编年史

仿佛是一个遥远的故事了。

九岁的女孩，一个爱看童话书的女孩，跟着她的妈妈来到一家鞋店。当一双带花边的新鞋穿到女孩脚上的时候，母亲却发现钱包不见了。妈妈的惊呼使女儿睁大了眼睛去寻找坏人。突然，女孩指着人群中一个手提破篮子，脸上有块疤的女人喊了起来："是她偷的！"于是人们轰着、骂着把女人揪到了派出所。女人被搜了身，没查出什么。丑女人不是狼外婆。可是丑女人那双痛苦的眼睛，那声凄厉的哀号，却永远地留在了女孩的记忆中。好多日子里，女孩做着噩梦，在梦里哭醒。从此她害怕看到这样的人。

十八岁，如诗如画的年龄。女孩长大了，她爱好文学。她为雨果笔下那些貌丑心善的小人物的悲惨命运而叹息，记忆深处那个脸上有疤的女人又走了出来。这让她战栗，她觉得自己好像杀了人。从此走在路上看到衣衫褴褛的乞讨人，她总要掏出钱包。

二十七岁的姑娘，该是婚嫁的时候了。她固执地拒绝了许多好小伙子的求爱。她觉得，和漂亮的小伙子卿卿我我，于她分明是一种不可饶恕的奢侈，是一种犯罪。最后她看中了一个孱弱的青年。青年刚从农村回来，除了一身尘土，一身债务，脸上还有一道伤疤。青年用疑惑的眼睛说："我一无所有啊！"她却从这张丑陋的脸上，看到了自己内心涌上来的圣洁感。她吻了青年，一字一句告诉他："谁说贫寒的人就没有一颗金子般的心呢？"于是两人的眼泪流到了一起。以后的日子里，她为丈夫做饭洗衣，她为丈夫补习功课。她的生命支撑起他的脊梁。终于，丈夫自强起来，要去国外求学了。她卖掉了娘家祖传的金手镯，凑齐了路费，送别了丈夫。

三十六岁了，女人成熟的季节，她也该收获了。她盼着她的丈夫，学成归来。等啊等，终于等来了容光焕发的丈夫。丈夫冷傲地对她说："我们分手吧。"从此，她的一头青丝有了霜色。当霜色弥漫开来的时候，她开始了文学创作。

四十五岁的生命，谁料到竟如秋天的枫叶了。在一次文人聚会上，朋友们盛赞她的成名作时，她不无哀伤地说，感谢生活的磨难。于是她讲了她九岁、十八岁、二十七岁、三十六岁的故事。

童 话

清晨，青绿的田野上罩着一层雾气，天空现出一片片玫瑰色。水渠边，青草上坐着一个三十岁左右的青年，一手持画夹，一手执笔，在写生晨景。

"叔叔，你画得真美！""是吗？"画家回头，是个十多岁的小姑娘。于是两人攀谈起来。

以后，青年常来，小姑娘也常来。知道小姑娘爱童话，画家给她买了许多童话小书。他们熟了。

再以后，小姑娘长成了大姑娘，青年人也成了中年人，他们更熟了。姑娘也开始画画。他们一起画画，一起郊游，日子过得很快乐。姑娘不再叫画家"叔叔"，改称"老师"了。

有一天，姑娘问画家："老师，你为什么不结婚呢？"画家笑笑："结了婚，就没有时间陪你一起画画呀！"姑娘也笑了：

"那咱们都不结婚好了。""可人总是要结婚的呀。"画家这样说。"那你找到对象了吗?"姑娘问。"没有,没有合适的呀。"画家说。

又过了一段日子,某一天的黄昏,姑娘突然对画家说:"我嫁给你行吗?"画家默然不语,躲避了姑娘的眼睛,只说了声:"你要后悔的。""不,不会的,我爱画画呀。"过了几天,姑娘收到了一封信,画家给她的信只有五个字:"我害怕童话。"以后,姑娘不再说什么了。

隔了一年,画家结婚了。再隔了两年,姑娘也结婚了。两人自此后很少来往,再以后,两人不来往了。

春去秋来,又过了将近十年。原来被他们画过的那片田野,竖起了一幢幢高楼。某一天,两人在他们初见面的地方相遇了。姑娘成了中年妇人,脸上有了不少皱纹。她牵着她的女儿,来画这里的高楼。画家差不多成老年人了,头发全白了。两人寒暄着。男人问女人:"你好吗?""还好。"女人说。"你还画吗?"女人问男人。"不常画了。""那你做什么呢?""空余爬爬格子。""写些什么?""主要是童话。""童话?"女人一怔,眼光黯淡下来。"伯伯,你也喜欢童话吗?"小女孩嚷道。"童话是假的。"母亲轻轻叹了一口气。"不,只要你相信,童话便是真的。"老人对孩子这样说。小女孩茫然地望着两个大人。女人与男人目光对峙着,久久,沉默。

天空一片玫瑰色的晚霞,在很远处缓缓地行走,他们分手了。

爱的阅读

人很难把握生命。一位医生说，毛病不断的人，不见得短命。就像一只瓷碗，纵然已显裂纹，但仔细爱护，亦可避免破碎。而一只好碗，一不当心也会粉身碎骨。这样的话应在他和她身上。

相伴走了三十年，一向无甚大病的她倒要走在常病的他之前了。昨天去参加了一位老先生的追悼会，回来路上竟猝然倒地。

他怎么都不能接受这个突降的不幸。他跪在她面前，紧握那只失血的手，一遍又一遍地念叨："说好的，将来你是先要送我的，你怎么可以先走了呢！怎么可以不管我了呢！"她仿佛听到了他的声音，失神的目光亮了一亮，闭着的嘴张开了，发出了耳语般的声音，好像是说，对不起啊，对不起啊……

男子的哭声，使人心碎，他们的女儿拉开了跪地不起的父亲。

丧事之后，他和女儿整理了她的遗物。她的多种爱好让她收藏了好些东西，有书有画，还有一大沓集邮本。每一样东西，都能让他重温妻的一切：恬静的笑脸，柔柔的声音，偶尔也发一点小脾气，还有那双为他常年端汤端药粗糙得一点不像读书人的手……

他忍不住又一次泪满衣襟，他摩挲着一摞妻用过的书、笔记本，一页页翻着。突然，他觉得手上有些异样，仔细一看才发现，这本笔记本的内芯，每两页的四周都粘上了。

他终于小心翼翼地启开了粘着的纸边。出现在眼前的是，几十张蓝色的信纸，每一张上都有着长短句——这是一个男人写给女人的几十封情书。诗人正是不久前去世的那位老先生。银钩铁划，写活了一场持续了二十多年的静悄悄的爱！

他像一座雕像般地沉默着，久久。女儿一双手轻轻地按在父亲的肩上。望着满头白发的老父，女儿的手战栗了，声音哽咽了："爸爸，请你原谅妈妈吧，她已经走了，对死者是要宽恕的……"

父亲像是睡着了。好一会儿才睁开眼睛，望着女儿缓缓说道："孩子，应该请求原谅的不是你妈妈，而是你爸爸……"女儿惊恐又疑惑地说道："可是，可是妈妈毕竟骗了您这么多年……""孩子，你听我说。"父亲擦去了女儿的眼泪，"不要说'骗'这个字。一天两天，一年两年，瞒着，那是骗。二十多年就不能说'骗'字了。这世上有谁肯用二十多年的生命来骗我？这样的骗，难道不是爱吗？孩子，我是幸福的，我得到了你母亲几十年的爱，如果她还在，我还会得到很多。可是，遗憾的是，我知晓得太晚了，我没有能让你母亲得到幸福……"

"爸爸！好爸爸！"女儿悲声如箫。

美丽的谎言

　　明明瘦瘦的，十二岁了，看上去顶多十岁模样，大大的眼睛里，总好像藏着些什么。今天，他很怕到学校去，可是，学总是要上的。他不敢多想昨天的事情。

　　明明只有爸爸，而且爸爸是个盲人。他很爱爸爸。爸爸长得很帅，不仔细看是看不出眼瞎的。他一直不明白，妈妈到哪里去了，爸爸的眼睛怎么会看不见的。很小的时候，他问过爸爸。

　　爸爸能告诉年幼的孩子一个关于那个荒蛮年代留下的生死离恨的凄惨故事吗？能告诉孩子一个七尺男子汉因为感情的折磨而永远失去了光明吗？爸爸只是默然无语。那双大眼睛里的水使明明感到害怕，他再也不敢问爸爸什么了。

　　但是，昨天，这个孩子本来伤痕累累的心又流了一滴血。语文课上，老师叫一位同学解释"睁眼瞎"这个词，那孩子想了一会儿笑嘻嘻地说："那不就是明明的爸爸吗？眼睛睁得老大什么都看不见。"大家都笑了，明明的心抽搐起来，他真想逃出教室去。尽管美丽的女教师严厉制止了大家，可是，明明整整一个下午都没有说一句话。

今天的作文课，题目是"我的家"。这个题目使明明的心又开始发颤。他拨动着笔，想了好久。他这样写了。他说，爸爸和妈妈原先在一个厂工作。小时候，爸爸妈妈常带他出去玩，妈妈常给他讲好听的故事。后来有一次，厂里失火，爸爸妈妈奋不顾身去救火。妈妈牺牲了，爸爸的眼睛被火烧坏了，他再也听不到故事了……

第二天，老师讲评作文时，明明的头一直低着。忽然，他听到老师用充满感情的声音在读他的那篇作文。同学们把头都朝向了他。

下了课，同学们都围着他，夸他的爸爸妈妈是英雄。此后好几天，明明都得到了大家不同往常的友爱。渐渐地，他的脸上有了笑容。

两周后的又一节语文课，预备铃响了，女教师踏进教室，明明正在哭。大家七嘴八舌地在问明明，他的爸爸妈妈到底有没有救过火。有个孩子不知从哪里听来的，说明明骗了大家，他的爸爸妈妈没有救过火。女教师看着这一幕。

第二遍铃声响了，女教师开始了讲课。下课前的一分钟，她用目光扫视全班同学，然后平静地说："我想告诉同学们，明明是个好学生，他没有说谎。"

　　一周后，一个傍晚。明明出现在办公室，他抖动着嘴唇，说出了一句："老师，那篇作文是我编的……"

　　女教师沉默了。她轻轻地为明明擦干了眼泪，把他搂在怀里："孩子，你没有错。"声音也是轻轻的。一大颗热泪顺着女教师美丽的脸颊落到明明冰凉的手心里。

瓷　器

　　她十八岁的时候就跟了他。她跟着他一年又一年地走了五十年。她是他的影子，他的头发白了，她的头发也跟着白了。

　　清晨，她点起火，生好炉子，把一小铜壶水放在炉上，然后才洗漱。洗漱完毕，壶里的水也开了。她打开茶叶罐捏起一撮茶叶放在老头的紫砂壶里，用水泡上小半壶，两分钟后再蓄满。

　　待老头起床后，坐到桌旁时，壶里的茶正好能进口了。茶喝好，她正好踏进门，篮里放着菜，还有老头爱吃的豆浆、烧饼和油条。

　　中午，她把饭菜弄齐后，摆上碗筷，然后往酒盅里斟酒，酒放好后，就叫老头上桌。老头喜欢喝一盅。

　　晚饭后，她把热水倒进洗脚桶，再兑点冷水，用手试试水温差不多了，就叫老头洗脚，老头脚泡好了，洗好碗的她也赶到了，忙着将水端走倒掉。

退休后的日子几乎天天如此。她心甘情愿地侍候他一辈子。老头有文化，知古今。高兴时，老头就给她抖肚子里的货，她睁大眼睛，一脸沉醉。

老头的癖好是玩瓷器，大大小小值钱或不值钱的瓷器摆满了一间小屋子。老头爱瓷，总不忍心让瓷蒙上灰尘，所以她又习惯了一有空隙就用拂尘轻弹瓷器上的灰。

这天，梅雨之后天放晴，阳光太好。邻家院子里，摊了一地的衣物，花花绿绿的颜色刺得老头心血来潮。老头对她说："喂，让我们的宝贝也见见太阳吧。"于是，她协助他把屋里的瓷器一件一件搬出来见太阳。

当最后一件瓷器拿出来时，不知怎么，她的手抖了一下，这件古瓷，老头最心爱的一只宋瓷花瓶，从她的手里滚落下来。清脆的碎裂声一波三折，沿着石阶跳跃着。她家屋里到院里有三级石阶，那瓷片就一级一级滚下来。

顷刻，他的眼都直了。她醒过来赶紧去揉老头的胸。她知道，这是老头的命，屋里所有瓷器加起来都抵不上这件宋官窑的分量。她捏住老头的手哭着说："你打我吧，消消气！消消气！"老头古怪地看了她一眼，血涨上了脸，猛地扬起手，一巴掌朝她脸上落了下去，第二巴掌落下去的时候，她没有站稳，便倒了下去。她的后脑正落在石阶上，血染红了白头发。邻人协助老头叫来了救护车。两个星期后，她仍一动不动地躺着，没有醒的意思。医生说，已是植物人了。

碎瓷已被一片片拼接粘好了，照样立着。然而她却立不起来了。他一遍一遍地将粘好的瓷瓶放到她的眼前，说："好人哪，你醒醒吧，你看看，已经粘好了。"但是，她什么也没听见。

他把所有的瓷器变卖了，换成钱，遍请名医来医治妻的病。然而，他失望了，她仍一动不动地躺着，像一件失去光泽的古瓷，他能做的事，就是天天为她擦洗，一遍一遍摩挲她寸寸肌肤。有一天，他突然想起一句俗语，"没有金刚钻，别揽瓷器活"，他不禁仰面悲号。

一剪梅

很多年的冬天过去了。窗前那株单薄的小梅树，已是繁花压枝了。那深爱着这株梅的梅先生呢？已经作古多年了。

那时，我们的校园刚刚建起，大楼封顶后，校园里陆陆续续搬来了一些树种。不知是谁先发现的，我们文科办公室窗前冒出一株瘦弱的梅树，那是整个校园里唯一的梅。这年冬天的时候，瘦枝上钻出了几朵花儿，被风一送，那香味就一缕缕飘进了窗子里。我们笑着向梅先生打趣："梅先生，你香了！""是啊，我浑身飘香了！"梅先生也笑了起来。同室的小林见梅先生对着窗外使劲地嗅着鼻子，就剪了一枝，插到梅先生的桌上笔筒里。下了课的梅先生见了桌上的梅花，欣喜之后脸上有了惋惜："它还那么小啊，怎忍心折了它呵！"大家笑说："人家小姑娘仰慕你大才子，送了你'一剪梅'你还不高兴？"梅先生哈哈大笑:"这倒折煞老朽了!"从此,梅先生有了"一剪梅"的雅号。

清清朗朗的梅先生确也人瘦如梅。梅先生家居闹市,离近郊的学校路远,累了,就常常住宿在校。好在那时学校空教室很多,他置了一间起居室,在室内那块大黑板上央我画了一黑板金冬心式的梅花,另外两壁挂上了自己书写的那种既飘逸又颇具法度的行书条幅。我们办公室的人都不约而同称这间居室为"梅公馆"。梅先生笑呵呵地接纳了这个直露有余、含蓄不足的斋名。课余时,我们常常客座"梅公馆",与梅先生天南海北,说古道今,谈诗论画。我们几个爱好古诗文的人,有时也学着古人的风雅,凑在一起以诗联句,常常最后夺魁的总是梅先生。

大家对梅先生的这一肚子学问是服气的,但对梅先生的身体状况却有着几许担忧。他的脸色常常因犯病的缘故变得灰暗起来。说起来,他说这是老毛病了,是"三年困难时期"留下的病根,没有油水滋润,肝大了起来。现在呢,不见好,也不见怎么坏,所以不必担心的,该吃就吃,该玩就玩,该轻松就轻松。话是这样说,但大家都知道,梅先生老家的双亲还需要他赡养,所以这"吃"也是仅限于在菜上略有点小荤,水果是不大沾唇的,可以买点水果的钱都用在买书上了。

那时学校周围是大片的农田,远处有不多的几家农户。中午吃过饭,我们几个人,梅先生、杨先生、李先生、小林和我总要踏着那条田间小径散步。

饭后百步走，去沐浴农田的风光，也是梅先生的养生之道。我们闻着大田里的稻香，又听着池塘里的鹅叫，指点着周围的一切，谈话散漫而有趣。听到羊叫，我说羊是极温柔的动物，这叫声也是哀哀的，让人起怜悯之心。梅先生却说："我倒有些讨厌羊咩。"为什么？我有些诧异。"为什么？你们听听！这叫声简直就是哀求之声、乞求之声。让人可怜它呀！"梅先生的回答竟是这样。唉，这个梅先生总是有些傲气的。关于这点傲气，是在那场"拍桌子"风波中得到验证的。

那时，我们那位校长，是个能力很强、脾气有点急躁的老头儿。有一次在与梅先生等教师讨论工作时，发生了争执，一怒之下竟拍了一下桌子。梅先生在愣了几秒钟后，继而也拍了桌子，还接连拍了两记，随后拂袖而去。校长醒悟过来去找梅先生，问他："我拍桌子不对，你为什么不留一点面子给我，倒一下子加了倍？"梅先生说："你当校长已经是很有面子了，还要拍桌子要面子，我当教师也是要面子的呀，因为想多要点面子，所以拍了两记。"据说，校长听了这番话后笑了好一会儿，算是服了梅先生。总之，这件事在校园传开后，梅先生的"傲"便有了点名气。

不过，梅先生对学生确实是可称得上"俯首甘为孺子牛"的。他上两个班的语文，工作量不轻。批学生作文圈圈点点，一点不马虎，评语常常要写上一页不止。凡碰到写得精彩处，自己还要摇头晃脑诵读一番，问左右："怎么样？这小子这段写得还可以吧？"得意之色溢于言表。批学生大字，圈点之余，还要示范几笔。课间，常有学生围在梅先生周围，或拿课本作业本，或携课外阅读书问长问短，梅先生解答之后，喜欢用折扇轻轻敲敲这个那个脑袋，问一句："明白啦？记住啦？"然后笑眯眯呷一口茶。

梅先生的病有些严重了，肝区痛得他少了许多话，他还硬撑着上课。大家劝说："梅先生，你真该休息了。"他却说，查过了，仍是老样子，不会有大问题的，歇着，心里倒是闷，不如上上课、出出汗，熬过就好了。

周末，梅先生推着那辆沉重的旧自行车，慢吞吞地朝校门走去。我说："梅先生，你家不近，还要过几座桥，这辆'老坦克'多累人，该换辆新车了！"他笑笑说："这车还是我刚工作时买的，踩了快二十年了，旧东西有了感情，总也舍不得扔掉，再说，我还能再踩几年呢！"这话等我以后回过味来，方悟出：梅先生该是早知道自己的病有了凶兆不会长寿吧？终于，医生让梅先生住进了医院，多年的肝脏肿大演变成了肝癌，诊断是做了一个月的检查。

我去看他时，病床上的梅先生脸色已灰暗如泥，腹大如鼓，身下垫着一个大气垫圈。他说医生让他看了投影，想不到，他的肝已萎缩成一个鸭蛋那么大了，他伸出手比画着，声音是平静的，脸上似乎还有笑。

临走，我问他想吃些什么，他说想吃点极酸的东西，帮他熬过痛，他问我不知药房里有没有乌梅可买。后来我去了中药店，没买着，便想法弄了几串未熟的葡萄——那也是极酸的。我托人带给了他。他让人告诉我，他很喜欢。最后的日子，他是靠嚼着酸葡萄，忍着剧痛离开世界的。同病室的人说，无法忍受的痛，到死，他都没吭过一声。

　　大殓那天，全校的员工都去送了梅先生。大家都哭了。唯独梅先生五岁的儿子却不知哭。大家说："这是你爸爸，你哭哭你爸爸呀！"五岁的小孩却嚷着说："你们骗人！这不是爸爸，不是我爸爸……"

　　是的，我们也认不出梅先生了。那清清朗朗的梅先生呢？

宋朝的挂件

床上昏睡的父亲，脸色枯黄，骨瘦如柴，阿贵盯着看了一会儿，别过头去，心里泛酸，七十岁还不到的人，怎么就要走了呢？

老人家很执拗，从知道自己查出癌症后，就拒绝住院、拒绝就医。他说："甭花那冤枉钱了，你要孝顺就过来陪我两天吧。"

父亲的脾气阿贵是知道的，倔，木讷，寡言。阿贵从没见过母亲，据说他一出世，母亲就死了。一个男人，独自忍受生活的重压，还能生动得起来吗？阿贵也能理解父亲的节俭已近吝啬，否则怎能靠那点微薄的工资将他一点点养大，再帮他成家立业呢？可是儿子成了家，有了不错的婚房，也愿意让他过来一起住，老头却死活不肯，情愿独自住在这潮湿发霉的破屋里和垃圾为伍。也算不愁吃穿了，可捡垃圾的习惯总也改不掉，狭小逼仄的屋子里堆满了他的宝贝——破纸板、塑料瓶、易拉罐、废铜烂铁……各种难闻的气味混在一起弥漫空间，好人也受不了，何况一个病人！

想起前几天的事，阿贵的眼睛有些潮湿，他想那天也许不该顶撞病重的爸爸。家中老头看得很紧的一只旧箱子里一直藏着一样东西，是一件玉如意形状的瓷片。瓷片中央有个小孔，穿着一根脏兮兮变了色的丝绳。小时候，他问过爸爸这是什么，爸爸说是传家宝，他问哪里来的，爸爸说是祖上传下来的，将来留给他，他再留给他儿子。后来他大了些，又问爸爸，这个是什么瓷，爸爸说是宋朝的瓷。到他快谈恋爱时，他已懂得宋瓷的价值，曾探过老父的口风："卖了吧？改善改善咱们的生活不好吗？"老头恶狠狠地瞪了他一眼，一句话呛他："死了心吧！"

现在爸爸得了这样的病，需要钱哪！阿贵不想让爸爸就这么等死，他想做一点努力，上星期趁老头睡着，他偷偷将瓷片取出来，去了古玩市场，找专家鉴定。他想，宋瓷是多么值钱哪，有了这笔钱，既可以帮父亲看病，说不定多下来还可以把自己的房子再搞大点。

可是鉴定下来，阿贵心凉了！这哪是什么宋瓷，根本就是民国年间最普通的百姓用瓷嘛，现在充其量也就能换二三百块钱，几个专家都这么说。

偷做的事阿贵本不想告诉父亲的，可是那天不知怎么说漏了嘴。想不到躺着的父亲听到这事后，竟直起身子突然咆哮起来："我还没死呢，你就财迷心窍想倒卖家产啦？"他忍不住顶了父亲："一片破瓷还家产哪，你这不是自欺欺人吗？！"就这一句，又让父亲怒不可遏，竟将床边一只茶杯向他砸过来，边喘边吼："什么假的，我说真的就是真的！"阿贵长这么大，还没见爸爸向他发过这么大的火。现在想想，阿贵有些后悔了，那天真不该顶撞病重的老人啊，也许人老了，脑子也是糊涂的。

床上传来微弱的咳嗽声，父亲睁开眼，醒了，示意儿子坐过去。颤巍巍的手在儿子脸上抔了一抔即刻垂了下来。声音轻微，但在儿子听来是难得的温柔："阿贵呀，我想了想，那天你说的话还是对的，有些事情是不能自欺欺人再瞒你了。"

于是父亲断断续续地讲起了阿贵这个独生子的来历。

"我十六岁到山区插队务农，等国家有了政策可以返城时也二十出头了。就是那次回城途中，火车半途停在一个叫宋庄的地方，停了好长时间，我下去吹吹风，顺便抽支烟。就在不远处的垃圾堆中听到猫哭一样的声音，我循声找去，翻开垃圾里一件破衣裹着的包袱，里面竟是一个婴儿，只颈上套着一个瓷片挂件，也没有其他标记。我想了又想，还是不忍放手，就这样把他抱上火车，又抱回家里。听说我要收养，家里人都跟我闹翻了。家里穷，住房挤，兄弟姐妹多，多张嘴不容易啊，父母更担心我一个未婚青年拖了个孩子，以后怎么找对象成家呀。可是我铁了心，为此不惜和他们都翻了脸。我觉得这孩子跟我有缘，因为他第一眼见到我时眼角还淌着泪却张口笑了。就这样，我慢慢养着他，养着他，养大了，大了……"

他听罢，五雷轰顶，扑倒在床榻前，一遍遍叫着："爸爸！爸爸啊！你就是我亲爸爸呀！"

可是爸爸已闭上了眼睛，再也听不到儿子的叫声。

文玩核桃

瞧见有些上了年岁的人吗，掌心里常滚着一只核桃？核桃质硬，核上有自然孕生出来的纹样，捏在掌心里，不停地摩挲着，刺激着掌上的穴位，据说能防阿尔兹海默病。这核桃若经前朝后代人长久把玩，留下了古人的手泽，也可以当文物了。有人癖好收集这种核桃，当古董赏玩，故称为"文玩核桃"。

傅三是在四十岁后开始玩上的。祖上留下来一只核桃，色泽赭里透紫，泛出幽光，仿佛藏着些什么，一看就知年代久了。这核桃，个大，纹路深，形状圆中带扁，坊间称"大灯笼"，是收藏人的难得。据家里长辈说，它曾是贡物，本有一对，是分不清你我的双胞胎，另一只在傅三爷爷小时候给弄丢了，实在是可惜了！

因此，傅三的收藏有了目标，就想找到那只配对的。好些年下来，钱也折腾掉不少，大大小小、成双配对的也弄到一些。但祖上丢失的那一只，在哪儿藏着呢？这成了傅三心头的痒。

这天傍晚，傅三溜达到新居附近的一片绿地里，一群人正围住一白须老者。老人八旬模样，神清气爽，边说笑，边摩挲手中物。这一瞧，傅三的眼一下子像被电击中，胸腔里的那颗心顿时跳得要蹦出来——老者的手中物，正是傅三心头多年来的念与想！

于是傅三一步步地接近，渐渐地，与老人熟了。某一天，傅三备下酒菜，邀老人来家叙谈。酒热话酣时，傅三转身捧出一只木匣来，掀开盖，大大小小的文玩核桃跳在人眼前。傅三说，这是十多年收藏下来的。老人叫了声好，傅三又转身进里屋捧出一只小锦匣，开了匣盖，老人的眼也热了起来，这一只核桃竟与他手上的一模一样，纹丝不差！

傅三红着脸，把心事摊了开来，说愿意把这一大匣的核桃换下对方那一只来。老人不言不语，继续喝酒吃菜。半晌，才吐出几句话："小老弟，听没听说过？古人云，己所不欲勿施于人，君子不夺人所爱呀！我也好这物，照我的心思，也想出个价，把你的这只归齐了我，可我没言语呀！"

傅三的脸一下子红到耳根！傅三想，这话厉害呀！再细想起来，觉得老先生毕竟做人做得比他有境界呀！静下来心里便生出些惭愧来。此后傅三再没勇气提这事了。只是宝物亮了相，傅三偶尔也会把它捧在手上把玩一下，在人面前露露脸。有时呢，与老人聚在一起时，也让这一双宝贝暂时在同一双手里，拿捏拿捏，把玩把玩，然后再各归各。

傅三与老人的友谊渐深了。两家常走动，俩人常聚在一起谈古论今。又过了些年，老人已近九秩了，老伴也已去世，一个女儿又在外地，傅三就常常去老人那儿陪着聊聊天，或帮着干些小活。某一天，老人病重，躺在床上，对傅三开了口："小三呀，我怕不行了，死前能否圆我一个愿，把你那只核桃放我这儿，让我成双地玩几天，行不？"

傅三没想到老人会开这个口，沉吟了一下，心想，就当他是自己爹吧，临死的老人，让他高兴一点吧。于是赶紧回家把核桃取来，塞到老人手里。老人握着核桃脸上露出笑颜，对傅三说："小三啊，人活不过物，我也没几天玩了！"看着老人油灯将灭的模样，傅三一阵心酸，忙岔开话题说些宽慰话。

临终前，老人的女儿赶了回来，大家一阵手忙脚乱，谁知道老人手里的这对核桃竟不见了，大家都说没看见。傅三叹着气，帮着老人女儿料理完丧事，想起这对核桃，心里难免发闷，但也只能宽慰自己：权当它是陪了老人去。

过了几天，老人的女儿找到傅三，端来一只瓷匣子。匣盖打开，傅三一下子跌在梦中！匣内竟一溜齐摆着四只形状、大小、纹路、色泽，恰似一个模子里倒出来的"大灯笼"！脑筋转过弯来，傅三才知道这原来竟是四胞胎呀！这谁能料得到呢！傅三大叫一声："怪哉！"老人女儿说："匣里留着老人的遗书，遵从父命，全留给你的。"

傅三的眼泪汩汩涌满一脸，把瓷匣捧在胸口好半天。平静下来，他只拈出两枚，另两枚让老人女儿收着，理由是：月满亏，水满溢。

竹夫人

　　管昶浸润书法三十年了，三十年来朝夕沉在其中，渐渐地也有了自己的面貌，所谓自成一家了。有了点名气后，也常有一些后生拜在门下，也常有人上门来讨字。

　　然而，管昶的物质生活并没有多大改观，手头一有闲钱除了添置一些纸墨笔砚、收集一些古籍碑帖之外，其余一概用光，直到四十多岁才娶了太太。太太比他小十岁，原是朋友筱安之妻，丈夫病逝后才嫁给了管昶。

　　管昶的学生说："老师，你该办个人书展了！某某、某某的字远不及你，办了个展后名气大了，现在求字的人不断。"管昶说："不办！我才不操那劳什子心！热闹一下子，字就好上去啦？"学生说："那你的字也不能老是送人，来者不拒。郑板桥那么清高的人还卖字卖画呢！用字换钱也不丢人，至少换了钱房子可弄得再大些。"管昶笑了，管昶说："嘿，抬举你老师了，我哪能跟郑板桥比呢！再说我又不缺烟酒钱，三间屋子能搁下两张书桌够大了，再大，收拾起来费事，小偷也容易上眼。"

一日，管昶在家中与几个弟子闲谈，七扯八扯话题扯到了妻子心如身上。谈到兴处，管昶从里屋捧出一只红木匣子。打开匣盖，取出两块一尺来长、两三寸宽、三四分厚的竹片来。

竹片润滑如玉，呈琥珀色，上面精雕细刻着梅花和竹子，像是年代久远了。管昶抚着竹片对弟子说："不认识吧，这叫臂搁，俗称'竹夫人'，也是过去的文房用品，写字作画时垫在手臂下可借点力，夏天也可防汗落到纸上。这对臂搁是宋代的东西，传下来不容易，品相又好，现在送到拍卖行，拍个七八十万不稀奇……"

这件宝物正在几双手中传来传去，夫人心如外出回来看到这一幕，咳嗽了一声，笑了笑，眉头又皱了皱。管昶赶紧将宝物裹上丝绒，放进匣子。

弟子走后，心如沉下脸来对管昶说："我的东西，你拿出来现什么宝呢？"管昶笑说："你的不也是我的嘛！""瞎说，告诉过你，这是筱安祖上传下来的东西，是筱安的爷爷喜欢我，才送我的，你可不要在上面动什么脑筋！"

管昶用手刮刮夫人的鼻子，嬉皮笑脸逗道："还是旧人好哇！一口一声筱安，赶明儿我去拍卖行拍掉，换套大房子算了，省得你老恋着旧人的东西不放！""你敢，看我不打你！"夫人向他擂起了粉拳。管昶赶紧捧起匣子逃到里屋。

天有不测风云，宝物到底还是没保住。过了一年，管昶肝区痛了一阵，检查下来竟是肝硬化晚期。此时再后悔平时烟酒过头也无用了。一线生机是做肝移植，但这笔大钱一下子又哪里拿得出！痛定思痛，心如瞒着丈夫只得把一对臂搁托人送进了拍卖行。这样，最后总算保住了管昶的命。

管昶病好后，仍是书写不断，只是断了烟酒。心如劝他多歇歇，管昶笑笑说："写字就是最好的养生，再说我也要想法卖字了，否则这欠下的一屁股债，何时才能还清呢！"心如扑哧一笑，用手点着丈夫的额头说："省省吧，实话告诉你，没欠什么债，只是把筱安家的那对宝贝卖了！"

管昶一听笑了起来，说："好好好！没欠债就好！"心如一听，柳眉一竖，眼睛一瞪："好什么好！你欠了我的债，一句感激的话也没有，你这人怎么这么没良心！你知道这对臂搁出手时我有多心疼！"

管昶仍是笑嘻嘻的，将妻子揽进怀里逗她："你想，人与物哪个重要呢？我当然比那对竹夫人重要多了，是吧？再说还是卖了好，省得你睹旧物思故人，也省得我常常吃醋，这样不是挺好吗？"

"没良心！"心如将丈夫一把推开，重重地叹了口气。

"臂搁没有了，匣子不是还留着吗？看看匣子也可以解解馋嘛！"管昶跑进里屋端来匣子，安慰妻子。"不要看，看了心里更不好过！""真的？那我下次把匣子送人就是，免得夫人难过！"听丈夫这么一说，心如赶紧把匣子抢了过来。

打开匣盖，一对竹夫人裹着红丝绒，依然娴静地躺着。疑是梦，心如使劲揉眼睛。

"晃眼了吧？猜出你卖掉了心头肉，我也心痛哪！学生知道后，还没等我开口就赶紧筹了钱又从拍卖行拍了回来……"管昶不紧不慢地说着。

心如的喉咙噎住了，泪扑簌簌滚落下来。

阿大和他的姆妈

"姆妈！姆妈哎，姆妈来呀！"呼唤带着撒娇，声音苍老，出自男人之口，这让我好奇。我循声探去，只见对楼底层一户人家的天井里，一个约莫七十出头的老汉盘坐在轮椅上，手里捏着半截油条正往嘴里塞，另半截掉地上，已被一旁的小狗叼起享用着。一会儿跑出一位满头白发的瘦小老太太，边喝去小狗，边用手上的毛巾给老头擦嘴擦手。

听到呼声才知道，原来这是母子俩。我初到此地时，一直以为这是一对老夫妻。我家厨房的北窗正对着他们家的院落，门洞大开，这对母子的生活场景常入我眼帘。

老儿子整日坐在轮椅上，腿脚不能动，手能动，但不太利落，嘴却喜欢说话，"姆妈姆妈"声是不断的，偶尔也和小狗说两句，或自说自话几句。老太太是终日忙不停，戴着印有某纺织厂字样的白饭单，和一副防水袖套，忙碌在水槽边或一旁用水泥板铺成的长条案板前。不时"嚓嚓嚓"，在用搓衣板洗衣，"笃笃笃"声也常闻，这是在案板上剁肉斩菜，往往不一会儿，就有一碗热气腾腾的馄饨端到儿子嘴边。儿子边吃边夸：好吃，好吃！做娘的则关照：慢点，当心烫、当心噎！

春秋时节，天气好时，老太太就推着轮椅上的儿子步出院门，在附近小径上来回兜几个圈子，有熟悉者就招呼：阿大娘，带阿大出来啦！阿大，就是这个老儿子。冬天，出太阳，母子俩就在院门外墙根处晒太阳，此时老太太也不闲着，将一条毛毯盖住儿子的下半身后，就用自己的老胳膊轮番摇起儿子的左右胳膊，一下又一下，帮儿子活动筋骨，或者将儿子的一双手，拢到自己手心里，从指尖到指根，十根手指一一按摩到家。夏天，家门口的老柳树下，是母子俩乘凉的地方，儿子手上捧着一只收音机，老母亲靠在边上，手捏一把蒲扇，一扇一扇，朝向儿子。渐渐地，儿子鼾声起，老娘轻轻拿下收音机，才把扇子转向自己。

一个夏日的午后，看老太太为儿子理发。替儿子围上围兜后，老太太摆开了理发师的架势，刀起发落，前后一转，不一会儿，一个标准的板寸头完成。洗头也是别具一格，温水一盆盆端来，只管用毛巾搓擦。弄好后，老太太跑回屋里取来一面小圆镜子，递到儿子手上，儿子瞅着镜子里的自己，摇头晃脑嘿嘿笑，老太太就拍了他几下后脑勺，嘴里嘀咕了几句。我笑了，猜想是那句俚语：新剃头，不打三记瘌痢头。

　　一次，镇上的小学校广场上，正在举行居民运动会，人声鼎沸，学校栏杆墙外，挤满了看热闹的人，敞开的校门两侧更是汇成一股人流。我买菜回来，途经此处，也忍不住朝缝隙处探头探脑。突然，一个老太太的声音响了起来："谢谢大家！让一让，让一让！让我儿子也看一看好不好？"原来正是阿大的娘拼命推了阿大的轮椅车挤进人群也来观战的。看到这对母子，听到这声请求，众人慢慢让开了一条路。于是我看到了轮椅上的阿大，神情亢奋，满目放光。

　　一位邻居告诉我，阿大娘养了蛮多子女，丈夫早去世，这瘫儿是老大，出世时两腿就萎缩成一团，是个先天残疾儿。邻居又说，别看老太太九十多了，力气大得很，胃口也好着呢，听说一顿能吃一只鸡。我闻之只有感叹，也只有如此好胃口的母亲，瘦小的躯体里才能积蓄并激发出如此大的能量来，年复年、日复日地为残疾儿子撑起一片天地，让其尽享母爱。可是往后老太太归了道山，这个儿子该怎么办呢？我时常这样想。

　　一到周末、周日、节假日，这家人热闹起来。阿大的弟弟妹妹们、弟媳妹夫们，带着他们的子女孙辈们陆陆续续来了。这个拎来水果蔬菜一大堆，那个带上一只鸡或一只鸭还有几条鱼，有的自行车后座上绑着箱装的牛奶和饮料，也有的背来一两袋米。进了家门，大家各忙各的，擦窗拖地，搓洗衣裳，也有手拿榔头钳子等工具，敲敲打打，帮着修理一些损坏的物件。厨艺好的忙着杀鸡剖鱼，侍菜弄饭。

此时的老母亲算是闲了，只陪着阿大，还有一时捞不到事做的年长的几位聊天。轮椅上的阿大嘴不闲，眼睛也四处扫，不时地对弟妹们发指令差遣调配："阿六头，侬去关照阿五，今朝的鱼做两种，一条清蒸，一条红烧，红烧要放糖醋；老七，厕所里灯管不大亮了，姆妈夜里眼睛看不清爽会跌跤的，侬去对过超市买一只新的换上。"几个捧着手机的侄甥，也被他看牢："去去去，不要一天到晚学小青年，到你爷娘那里帮点忙！"此时的阿大，俨然一位轮椅将军，众人只有听他的份儿。

开饭了，院子里摆开了一张不大不小的圆桌，大约能坐六七人，年纪大的围桌坐，其余的夹了菜坐在一边的方凳或小竹椅上，也有站着或蹲着吃的。见菜好，阿大让弟妹们开瓶酒，弟妹们只给老大杯子里象征性地洒了一点，因为阿大血糖、血压都有点高。阿大不依了，向边上的老母求助发嗲："姆妈，侬讲句话呀，再帮我倒一点呀！"于是老太太拿过酒瓶，一锤定音："好，听侬的，就倒一点，不许再添啦。"见姆妈帮他，阿大咧开嘴，孩童般笑了。这样热闹和美、简易朴素的大家庭吃饭场景，在我的记忆中，只有小时候常见。

前年初冬的一个早晨，我进了厨房，突然地，看到这户人家的门口，立了两排花圈。我心一惊：是母亲呢，还是儿子？倘若是儿子，对一个残疾者来说，能走在为他操劳一生的老母亲前，未必不是他所愿。如果是母亲呢？那让这个被母亲庇护惯了的儿子情何以堪，今后的日子他又如何承担？

铁门开着，进进出出的吊唁者很多，不一会儿里外摆满了花圈。从众人的言谈中知道是老太太走了。一位吊唁者声气很大地对旁人说："老太太还是好福气呀，今年正好一百岁，昨天说是不想吃饭，睡了一天就走了。一点痛苦也没有，这是老天安排的喜丧呀！"谁说不是呢，果然闻不到儿孙们的哭泣声，子孙们只把老太太的丧事办得隆重体面。只是在出殡那天，忽闻一阵苍老的悲号声，声音中似有无限的委屈，这是阿大。只听他边哭边嚷。原来是说好，他也答应看家的。阿大肥硕笨重的身躯，配了大号特制的轮椅，一般巴士、小车是不方便上去的。但他临阵变卦，非要跟着一起去，这让弟妹们有点手足无措。只见大家凑在一起商量了会儿，打起了手机，不一会儿，一辆敞篷的货车来了。四个精壮的汉子抬起轮椅和阿大，齐吼："一！二！三！"才把阿大架上车。

货车上的阿大捧着姆妈遗像，一脸肃穆。阿大当然是知道的，依照家里的风气，姆妈走了，往后的生活，他的同胞手足老弟老妹们也不会不管他的。只是这样的母亲，谁又能替代呢！所以他一定要去送姆妈最后一程，他要告诉慈母，儿子对她有着永远的不舍。

你在天堂会开心

已是腊月了。今年的冬天特别冷，这间小小的病室里从早到晚都开着暖气。明亮的窗玻璃因为暖气化成的水汽挂在上面变得模糊起来，这让屋里的一群孩子感觉不到冬天的景象。

屋子里的孩子都患了同一种病。病情稳定时，他们把病室当成自己的家，看看书，画画图，做点像折纸这样的手工。情况严重时，他们就整天卧在床上。

这个叫点点的六岁小女孩病情开始严重了。但是，她仍很快活。因为她的妈妈每天都要给她讲好听的故事。一年来，妈妈好像成了一个童话作家和故事大王了。妈妈故事里的主人公总是这个叫点点的女儿。妈妈的故事常常把其他的孩子也迷住。

有时候，点点也想心思。她知道家里没有爸爸，只有妈妈一个人工作，从她住进医院起，她就常常问妈妈："妈妈，我的病会好吗？妈妈，我们欠了人家很多钱吗？"妈妈总是笑眯眯地摸摸她的头："乖孩子，放心吧，有妈妈在，一切都会好的！"

年轻的母亲能告诉年幼的女儿真相吗？为了点点的病，她已打了好几份工，可是从她知道女儿的骨髓无法配对时，她的心就被剜去了。

圣诞夜的那天，天气特别冷，孩子们收到了圣诞老人的礼物——那是病区医护人员的慈善行动。孩子们欢喜了一阵后，渐渐进入梦乡。只有点点喘着气，似睡非睡。妈妈把礼物举高了放到点点眼前，点点连握一握礼物的力气也没有了。

"妈妈，我要听……"点点眼睫毛动了一动，张了张微闭的眼睛，声音轻得只有妈妈才能听见。

妈妈蹲了下来，把嘴巴对着点点的耳朵："好的，妈妈接着昨天再往下给你讲。"

"花仙子住在天堂里，为了不惊动地上的人，一般都是在晚上，轻轻地踏在云身上，风一吹，就把花仙子吹到地上来了。花仙子到地上来是有一份工作要做，做什么工作呢？她要采摘地上各种美丽的鲜花。花仙子随身带着一个很大的篮子，她要把地上长着的、树上结着的花，采下来装在篮子里，带到天堂里去。干什么呢？带到天堂里去炼药，炼一种能治百病的药。有一天花仙子踏着云，又来到了地上。风儿轻轻一吹，把她吹到了这间屋子里。这是在半夜里，大家都睡着了，一点都没觉得。花仙子看到床上躺着一个叫点点的小姑娘，这个小姑娘长得很像自己。花仙子想认她做妹妹。花仙子知道点点生病了，吃了很多药，打了很多针都没好。花仙子准备把点点带到天堂里，用百花炼成的药把点点的病治好。花仙子把点点抱起来，装在她的篮子里，可是花仙子的篮子里装不下点点。花仙子只好失望地回到天堂里。有一天，她在天堂里散步，碰到了圣诞老人。圣诞老人见花仙子闷闷不乐的样子，就问她有什么难处。花仙子就把这件事告诉了圣诞老人。圣诞老人听了哈哈大笑说，'这有什么难的呢？圣诞之夜我正要把礼物带给孩子们，礼物送完了，你和点点都可以坐到我的雪橇上，我把你们带回天堂……'所以，点点你听着吗？等一会儿，花仙子和圣诞老人接你去的时候，你不要害怕，你要高高兴兴的，你在天堂里一定会开心，点点你听到了吗……"

妈妈的声音越来越轻，越来越轻，越来越轻……

点点的脸上开始出现一种奇异的笑容，眼睫毛又动了一下，嘴巴微微张开："妈妈我真的很开心。"像花瓣掉在地上的声音，也只有点点的妈妈听得出声音的确是快乐的。

一切静了下来。

点点的妈妈把头伏在女儿床上。好久，她才站起来，开始把花篮里，还有花瓶里的鲜花，慢慢抽出来，一枝一枝盖在女儿身上。然后她叫来了护士。

一辆推车，缓缓走在病室的过道里。远处，平安夜的钟声响起，载满鲜花的点点，走进天堂。

穿　越

　　过年的时候，家里开始有了家的气氛。儿子媳妇、孙子孙女，回到他身边，吃团圆饭来了。

　　除夕日正午，他在老伴的遗像前，上了一炷香，摆了几碟菜，这些菜都是她喜欢吃的。做菜是他的专长，退休前，他是一家大饭店的厨师，退休后，他的厨艺，只为他的老伴和子女服务，可是两年前老伴走了，无福享受他的奉献了，却把长长的寂寞留给了他，现在孩子们要回来过年了，还答应要在这个老窝里住上几天，他是多高兴呀！

　　毕竟他也老了，体力也不似当年了，为了操持这顿团圆饭，也为了这一家子团在一起的几天好吃好喝，还要为他们走时带一些半成品回去，为此他在腊月初就开始忙开了。采购选料，跑东跑西，他样样亲力亲为。一个好厨师对菜肴的品质哪会放低要求呢？他的挑剔让他分外辛苦。

厨房里，煎煮炖炒炸，十八般武艺都出手了。傍晚时分，一桌色香味俱全，充分展示他手艺的年夜饭摆上了桌。哇！大家都叫了起来，欢呼起来，不约而同地举起了手机，打开了照相机镜头，一阵嚓嚓嚓，把他的厨艺定格在相机里，又迫不及待地传向四方。这一阵嚓嚓嚓的声音，在他的心里起了涟漪，荡漾开了一朵花。他敲了敲酸疼的腰背，招呼大家，吃吧吃吧快吃吧！

可是渐渐地他觉得不对劲了。先是小学生的孙子离开了饭桌，拿了个大盘子装满了他爱吃的菜，端到隔壁房里在电脑屏幕前玩起了游戏，边打游戏边鼓动嘴巴。才上幼儿园的小孙女，也不肯放下手上的 iPad，摇头晃脑不停地刷屏而忘了吃。儿子媳妇的手机也不失时机地更热闹了起来，滴滴滴，丁零零，此起彼落。大家隔空对话，相互穿越，收信发信，不亦乐乎。

一盘春卷端上桌，他瞧瞧这个，招呼那个，催促大家趁热吃，可没人理会他。他夹了一个春卷送到电脑旁的孙子嘴里，问孙子："爷爷做的春卷好吃吗？"孙子盯着电脑屏幕说："爷爷别烦我，我在穿越呢！"他回到厨房，一刻工夫，又端上来一大碗热气腾腾的汤圆，这汤圆里的配料也是他的独门秘诀。他对儿子说："这馅是你最喜欢吃的，还记得吗，有一次你吃得太快噎住了，你妈都急得哭了。"他说了两遍，儿子似乎向他点了点头，眼睛却对着手机屏幕放声笑。他提高了一点音量，又说起从前过年时的一些趣闻，可还是无人呼应，即便偶尔搭上一句，面孔眼睛也并不朝向他。

散了席，他回到厨房，整理归置，开始洗碗。不知怎么手一抖，一只瓷盘掉在地上，碎裂的声音不算轻，他探头朝外望，不知是否惊动了大家，可是他的晚辈们窝在沙发里，盯着屏幕摇着手机，正忙着抢红包，谁也没觉察到。他叹了口气，收拾完碎片，洗好碗，出去倒垃圾。

两个小时过去了，这群人才发现他不见了。大家相互问，都说没注意，于是开始着急起来，开始出门去寻找，附近的大街小巷跑了个来回没找到，又折回家里，还是没见人影，又开始亲戚朋友里四处打电话，都说没来过。

正要报警的时候，他拖着疲惫的身体回来了。一家子全都蹦到他跟前，问他究竟到什么地方去了，为什么不说一声，让大家好着急！

他脱下身上油腻腻的饭单和袖套，然后一屁股坐在凳子上，埋下头不想说话。孙子催着问，他才有气无力地说："爷爷穿越去了。"

孙子奇怪："爷爷您还会穿越啊！那刚才您穿越到哪里去了？"

他说："爷爷呀穿越到了一个古老的星球上，在那里很多人围在我身旁，陪我说话，哄我开心。我问他们，'你们都是谁呀？'他们说，'我们是您的孩子呀，您怎么不记得啦？'他们还对我说，'您已是快七十的老人啦，应该要享福啦，以后我们会陪着您照顾您，让您开心每一天……'"

他说不下去了，声音开始哽咽。

口述者

　　土地征了，老房子拆了，住上了高层电梯房。家务事，老妻全包了。他闲得有点慌，溜达在小区路径上，从这头走到那头，再从那头踱到这头，神情落寞，仿佛满腹心事，无处诉说。他开始怨儿子把房子买到这片新建的高层住宅区，他原来的乡亲们征了地都搬到了政府安排的别处住宅区。

　　现在满目都是陌生人。不上班的陌生人里，大多是到这里来帮他们新上海人的儿女带小孩的。这些天南海北的外乡人，听不懂这片土地上他那口最纯粹的乡音，他蹩脚的普通话与他们交流也觉得拗口。

　　后来，他找到了可以说说话的对象。小区门卫三个保安，一个讲宁波上海话，一个讲苏北上海话，一个山东人，已经到此地多年了，也能听得懂他的本地话。

于是，一早他拎着一壶茶，钻进门卫室。也有时，门卫在屋里，他在屋外靠在一张矮椅上，与里面对话。他的周围渐渐有了不多不少包括三个门卫在内的几位老听众，听他唠叨。见有外乡人听，他也会用夹生的普通话，解释几句。

他七十岁了，是脚下这片土地曾经的耕耘者。他从十五岁开始，种田种到六十五岁，所以他的说道，都是关于这片土地上的故事。

"晓得吗？你现在住的这块地方，原来是稻田，大门口那家超市地方，原来是生产队里的养猪场。再往前面点，有个池塘，是人工挖出来的。那年挖塘时，我还只有十岁，看到爷娘和生产队里一大批青壮劳动力，挖塘挑泥，天天做生活做到天墨墨黑，真正是吃辛吃苦。池塘挖好了，我们一帮小鬼头开心煞啦，一到热天都跳到池塘里打水仗、摸鱼虾……

"田不种了，我留了两样锄头铁耙囤起来做个纪念，搬到此地，被我儿子统统掼脱。现在的小人，啥地方看到过你过去种田的样子？我有一次把锄头铁耙画个样子给我孙子看，孙子看了说，这不是《西游记》里猪八戒用的武器吗？还有一次，孙子问我，山芋是不是树上结出来的……

"对过小区里几棵银杏树有几百年历史了，当时造这批楼房时，就被政府当古董保护起来了。过去那里有座庙的，这些银杏树就是庙里的，现在只剩下一棵好的，另外几棵都被雷击过，树身大半边已经死了，小半边还活着抽出枝丫来，命硬得很呢。我小辰光还看到过庙里和尚出来挑水呢，那时河浜里水碧碧清⋯⋯"

他三句话不离生养他的这片土地。蔬菜瓜果怎么种，稻谷从秧苗变成米粒要经过哪些辛苦，干什么农活工分挣得多，那些重农活如踏水车、挑粪、挖河泥等派什么用场⋯⋯

他的这些老古话，轮番往复地说呀说，终于让周围人都听熟了，有时就任由他一个人自说自话去。只有蹲在他脚下的一条流浪狗，一直竖起耳朵，永远恭敬聆听的模样。我想，有这位铁杆粉丝，多少也能安慰他一些寂寞吧。

有几年不见他了，门卫也换了几轮。刚刚，几个小学生在小区绿地里游戏，耳边传来两个孩子的对话。

"你知道吗？我们脚下这个地方原来种很多很多粮食，旁边还有一条河呢。"

"你怎么知道呀？谁告诉你的？"

"是我妈妈告诉我的。我妈妈是听一个老爷爷说的。"

听到小孩这样的对话，我眼前又出现了这位絮絮叨叨的口述者。

玉　碎

　　她裹着一身寒气，很晚才踏进家门。母亲把热好的饭菜端到她面前，她轻轻推开了，说："我今天有点累了，现在还吃不下。"

　　随即她进了书房。灯也不开，坐在黑暗中发呆。

　　母亲端了杯水，跟着进来，开了灯，说："那你先喝点水歇一歇。"知道女儿太忙，疲劳后也不太有胃口，母亲放下水杯出了书房。

　　过了半小时，母亲又回到书房，手里揣着一只小小的锦盒，神色有些不安，终于开了口："女儿呀，这只盒子里的玉佩平时你也不常戴，记得一直都是放在书橱里的，是啥时候摆在枕头边的呢？今天我打扫你房间铺床时，也不知怎么，这块玉就一下子落到了地上，碎了呀，你不会怪妈妈吧……"

她像是没听见，眼神有些呆滞地看着母亲手中物。

"唉，你不要不开心，过几天妈妈陪你再去买一块同样的。"母亲安慰她。

她沉默了几秒钟，忽而叫了起来："还能有同样的吗？碎了的能复原吗？"

母亲被女儿的声气吓了一跳，脸上有些惊恐。

她发现了自己的失态，于是安慰母亲："碎就碎了吧，我不心疼，以后再好的东西坏了也不会心疼了，人也没了，我怎么能心疼物呢？"

"说什么呢？"母亲很是诧异。

唉，母亲不知道！今天这个寒冷的日子，她所热爱、敬仰的导师远行了！得到噩耗，她的心房有了空洞。那位笑颜澹澹、学识不凡又诲人不倦的师长呢？那位特立独行、治学广博又卓有建树的学者呢？那位温润蔼然，对年轻后学者始终如父兄般护佑关爱的长者呢？怎么可以没有了呢？

世上好物不坚牢，彩云易散琉璃脆。想到古人这样的话，她的泪珠大颗大颗地坠落下来。

"妈妈，我这几天睡不着，这块玉我放在枕边，原是想帮助我安神助眠的，现在碎了……"

母亲把已安放在锦盒里碎了的玉佩，送到女儿面前说："你看看，它虽然失去了原来的形，但它还是玉啊，没有变，也没有少呀……"

她抬起泪眼，目光伸到书橱最上面一排，那是她导师的所有著作，密匝匝，一本挨着一本，在灯光的映照下，挺直的书脊，泛出古玉一样的光泽。恍惚中，每一本书里都出现了他瘦削的有棱角的笑脸，她听到了他亲切的声音：谁说我走远了呢？我在这儿呢……

窗外的蜡梅，这几天怒放了，香气从窗缝中丝丝缕缕透了进来，她索性开了窗，把头探出去，满眼闪烁生辉的星辰啊，满目铁骨含香的梅树啊，她又听到了他的话语，伴着童稚般的笑声：你们看，我在这儿呢，在这儿呢……

她心房的空洞开始被一种气息和力量一点点填满，心绪慢慢平复了。她回转身来对母亲说："我要吃饭了。"

女人心

春日午后，草地上散着休闲的人们，这是个节假日，热闹的最是孩子。笑声、闹声传过来，让她的心顿时痒痒起来。她立在高楼阳台上，透过落地玻璃门，看到两个四五岁的孩子争一只皮球玩，大一点的孩子抢走了，小的追不上，就躺倒在地上，两脚乱蹬，哭起了鼻子。她笑着招呼正在厨房里洗碗的丈夫过来看，丈夫看到这一幕也开心地笑了起来。

丈夫对她说："你快去睡会儿吧，我出去一下，杨梅已上市了，买点来，给你解解馋。"丈夫捏了捏她的鼻子，又说，"你呀现在成了一只小馋猫，我只能到处给你找食吃，不过你也要乖点不能像过去那样乱跑哦！"丈夫亲了亲她，忙出了门。

孩子们的嬉笑声一阵阵传来，她到底没忍住，见丈夫已走远，她赶紧下了楼。

绿地上的一切早就引诱着她。走进草地，她不由深深地吸了一口气。她坐在长椅上，边上是一位怀抱孩子的年轻母亲，她和这位母亲攀谈起来，问长问短，话题都是孩子的。被妈妈抱在怀里牙牙学语的小毛头瞪大眼睛看着她，她摸摸他的小脑袋，拉拉他的小耳朵，学着他咿咿呀呀，小毛头咯咯咯笑起来，她也如孩子般咯咯咯笑起来。

　　玩了会儿，她准备返身，刚走出绿地，突然，眼前的一幕，让她像鹰一样飞了过去，飞向那辆红色的轿车！车轮下伸手捡皮球的小男孩被一双娟秀的手拽了出来。小男孩惊魂未定，大哭起来，才使倒车的男人惊悉：因为这个女人，刚刚避免了一场惨祸！

　　她瘫软在地。身体沉下去，又飘起来。眼前有无数的小天使在跳跃，她伸出手去，想揽住一个，却一个也没揽住。

　　医院里，她醒了过来，听到了一屋子的声音，有大人的，有小孩的，但她怕听丈夫的声音。她双手抚着肚子，闭着眼睛，泪流满面。她抖动着嘴唇，想开口，想对丈夫说，是她对不起他，因为她不听话，跑出去玩，才闯了祸，失去了他们刚刚萌芽的宝宝呵！但是她发不出声音。

　　可是丈夫的声音却传了过来，丈夫把他宽宽的额头贴着她的脸，嘴附在她的耳边，轻轻地说："别难过，我知道你最爱孩子了，我们还会有的……"

那夜有风

　　已是暮色四合。风吹得不经寒的梧桐叶飘落一地。年轻的英子徘徊在车站边等车。天气虽冷，但望着对面高楼里一盏盏亮起的灯，英子的心里升起了一股暖意。再过一个月，她也要从单人宿舍搬出，走进温暖的两人世界里了。

　　突然，一阵斥责声传了过来。"小赤佬，要偷橘子啊！"原来是旁边一个水果摊位的小老板正对着一个六七岁模样的小男孩吼着。

　　"我没有偷，我只是摸一摸……"小孩辩解道。"摸一摸？这么晚不回家，东转西转，肯定不动好脑筋，再不走，送你到派出所！"小老板吓唬着孩子，孩子哭了起来，掉头就跑，正好撞在英子怀里。

　　英子打量着眼前的孩子：穿着一件不太合身的罩衫，领子敞开着，脏兮兮的袖口里露出一长截绒线来，一只大书包吊在胸前。英子把孩子的衣领扣上了。又拉起他的小手问他："这么晚不回家，干什么呢？""我等妈妈……""妈妈还没回家吗？"小孩看了英子一眼低着头不响了。"你家住哪里？""就在那幢高楼后面。""我送你回家好吗？""不，不要不要……"

车还没来，风越来越大。英子牵着孩子进了附近一家饮食店，买了两碗馄饨。吃着馄饨，孩子的话多了起来，告诉英子，爸爸妈妈吵了架，妈妈有好长时间没有回家了。

正说着，一个戴工作帽，手里拎着一袋面包的汉子走了进来，见到孩子就吼了起来："叫你不要出来，总不听话！"小孩指着英子告诉爸爸，是阿姨买了馄饨。男人道了谢又苦笑着说："没办法，工地上离不开，等一会儿还要赶回去。"

分手时，父子俩目送英子跳上了迎面驶来的公共汽车。上车买票时，英子打开拎包才发现皮夹子不见了。换过一站，英子逃也似的下了车，直奔那家饮食店。可是餐桌上哪还有皮夹？英子绝望地走出店家，一片阴影浮上心头。英子蓦地想起那个卖橘子的小老板呵斥小孩的话。是的，不错，去端馄饨的时候，我把包放在桌上，让孩子看着的……想到这里，英子的头开始重了起来。

突然，有人在叫："阿姨！阿姨！"哦，是小孩和他的父亲赶来了。小孩把皮夹塞到英子手里："阿姨，你的皮夹子……""谢谢！谢谢你，好孩子！"英子感动地把孩子搂在怀里，也为刚才心里错怪了孩子而内疚。孩子却低下了头说："阿姨，是你包开着时，我看见了从里面拿出来的。"英子的心抽了一下，想了想对孩子说："你能把皮夹还给阿姨，以后不再干这种事了，还是好孩子。"孩子抬起头，突然哭了，抽抽噎噎地说："阿姨，你不要怪我，我没有干坏事，我只是想拿出来看一会儿，忘了还你。你，你知道吗，你的皮夹子和妈妈的一模一样……"

泪水模糊了英子的双眼。

一个月后，英子作出了一生中一个很重要的决定，把丈夫和他前妻留下的孩子，一个失去母爱的病残儿从孩子奶奶家接了回来。

阴影与阳光

十四岁的中学生小蒙觉得自己这几天倒霉透了。

前天，因为出黑板报的缘故，他是最后一个离校的学生。黑板报出到一半，突然他想看看高年级的黑板报出得怎么样，取取经。但是人家教室的门已经锁上了。于是他从自己教室里搬来了一张凳子。人站在凳子上，高了。这样他就可以通过墙上的气窗，看到了人家教室里的黑板报。

正在他脸贴玻璃，专心张望的时候，值班老师走了过来，有点狐疑地问了他一番后，就要他赶快回家。

巧的是，这天夜里，这一层的办公室遭窃。所有老师的抽屉都被翻动，连零星小钱也都被搜走。这样，作为最后一个离校又有点古怪行为的学生，就有理由被唤到教务处谈话，虽然班主任和熟悉他的任课老师全部担保这是个品学兼优的好学生。但是从教务处出来的小蒙仍忍不住掉了眼泪，因为班上竟有不明真相的同学，用一种陌生的眼光打量他，包括和他要好的同学。

今天的事更倒霉了。现在他向妈妈哭诉今天的遭遇。

放学回家途经一个专卖复习参考资料的书屋，买了两本书后，刚准备跨上自行车时，迎面一辆卡车上突然滚下来一只大纸箱，纸箱破了，里面的儿童玩具散落一地。待车上司机发现，将车停下来时，周围已有人趁机捡了便宜溜走了。他看司机挺急，就帮着司机把玩具一一捡回装进箱子里。好事做完后，他的自行车却不见了！那是才买了不久的新车啊！

"好心没好报！人心太坏了！呜呜呜……"小蒙边说边哭，眼泪越流越多。

"哭什么？哭了车子能回来吗？傻瓜！以后一定要接受教训，俗话说，各人自扫门前雪，莫管他家瓦上霜，是有一定道理的，妈妈不是要你做个自私的人，问题是现在风气坏，人心不古，所以要学会保护自己，不要多管闲事，免得招惹是非……"小蒙的妈妈唠唠叨叨边劝边教训儿子。

"你在培养儿子朝自私发展吗？"小蒙的爸爸从外面踏进门，听到了妻子的话，打趣道。

"你倒还有精神说笑话，你儿子前天为班级做事，被人疑心当贼；今天做好事，被贼偷了车！"小蒙的妈妈愤愤然把儿子今天的遭遇说给了丈夫，一旁的小蒙哭得更厉害了。

"噢，是这样，儿子，你的运气确实太坏了！爸爸今天的运气倒有点好。刚才，碰上了一个大好人。你知道的，我是去那家摄影社取照片的，取完照片，回来路上觉得今天天气挺热的，正好有人用自行车推着两袋西瓜在卖。我挑了一只，过了秤，正好十元钱，我付了钱，骑上车走了。

"骑了大约二十米，忽听背后有人在叫。我回头一看，那个卖西瓜的骑着沉重的车子朝我追来，一边招手，一边叫我停车。我停了车，才知道原来我是错将百元大钞当成十元票给了他。他是来追还我九十元钱的！

"儿子，你想想看，他完全可以不管这件事，要还，等我找上来，也不迟。他也完全可以赖掉，因为我没有凭证。他还可以发现此事后马上溜走，那就不会引起任何瓜葛。现在他却冒着烈日，踩着笨重的车子一路追来，为什么要这么做呢？是他的良心！是他做人的道德！你看这世上谁说没有好人？要不，今天这只瓜就太贵了！"

父亲拍了拍刚买来的西瓜，又拍了拍儿子的头，边叙边议。儿子停止了抽泣，听得很专注。

不错，小蒙的爸爸是取了照片回来路上买了西瓜。但是，关于十元与一百元的故事，是他的虚构。作家与父亲的双重责任，让他编了个美丽的故事。他深深懂得，此刻，这个十四岁少年的心里，太需要阳光。

青青的果子

十四岁的青青，去年夏天参加了一次夏令营，去了那座有海的城市回来后，心就常常像海边的风，一阵一阵地不平静。学校传达室门口那块报信的小黑板，开始让青青流连忘返，而上课时，她的心也像一只放飞的白鸽，常常飞向那个城市。

这天第二节课后，她从传达室回来，把信紧紧地揣在怀里，然后直奔校园小树林僻静处，展开信，紧张地看起来。

直到中午吃饭时，她才发现兜里的信遗失了！她失神落魄地在校园里绕了一圈，哪里有信的影子呢？她是羞怯而内向的，心中的秘密不想让任何人知道，包括要好的女伴。

她忐忑不安地走进了教室，一进门，教室里几乎所有同学的目光都朝向了她，有人还嘻嘻哈哈地朝她笑着……一个女生在她耳边轻轻地告诉了她：她的一封信被班上最调皮的一个男生捡到后，还在班上当着大家的面朗读了一遍，现在这封信已被人交到了班主任手里……

仿佛一声炸雷，青青的脸一下子煞白！

上课铃响，班主任进了教室。这是节德育课，上了大半节课，讲了点什么，青青一句都没有印进脑子。

可是，现在，老师好像在念什么。几句话终于钻进了青青的耳朵。

"自从分别后，我常常想念你，也常常盼望你的来信，有时身在教室，心却在你那儿，上星期老师让我回答问题，我答非所问，还被同学笑了好一会儿……"

青青终于明白了，脑袋"轰"地响了起来，她努力使自己镇定，继续听下去。

老师继续讲。

"这是好多年前一个十六岁的初三男生写给一个十五岁的初二女生的信。男生和女生是两个学校的学生，因为参加了校外活动，他们认识了，有了好感。这之后，男生就常常给女生写信，女生也常常想念这个男孩。他们的早恋影响了学习。有一天这封已启开过的信，落到了女孩班主任的手里。放学后，那位女班主任把女孩叫到了自己的宿舍里。女孩一向是个班干部，现在见老师拿出信，吓得脸都变色了。而老师却没事似的把信还给了她，和蔼地让她坐下，然后把桌上一只熟透了的桃子，剥掉皮后递给女孩请她吃。吃完桃子，老师随手在纸上画了一棵桃树，桃树上结满了大大小小的果实，老师又很仔细地涂上了颜色。老师指着画上几只青色的小毛桃说，'这些青青的小毛桃虽然可爱，但是没有熟，没有熟的果实就不会是甜的，而早恋呢，就像这些小毛桃……'"

班上鸦雀无声，老师的故事还在讲下去。

"后来那个女生在老师的启发下，醒悟过来，主动与那个男生终止了早恋关系，把精力都放在了学习上。后来女孩渐渐长大，读了高中，又考上了大学，再以后她有了情投意合的恋人之后成了家，做了母亲，当她女儿十四五岁时，她把自己的故事告诉了女儿。现在这个早已做了母亲的人，她就站在你们面前……"

几十双眼睛一下子睁大，不约而同地发出了欢叫："老师！"

"对，正是我，你们看，老师也是这么过来的。人的成长，如同种子入土、发芽、开花、结果，青春期的情感萌发，也是人成长的一个过程。所以我还要说，爱与被爱，是人的一种权利，我们没有理由嘲笑青春时最纯真的感情，但是我们要懂得，青涩的果子是不可以随随便便采摘的，而待到成熟时的品尝，它的甜美，往往可以滋养人的一生。"

声音停止了。蓦然，掌声响彻空间。

你是一棵圣诞树

　　我的一位朋友告诉我，她跳舞的圈子里，最近来了一位女士，一个天生尤物！朋友说："跟我去亮亮眼球吧，包你爱上她，而不嫉妒她！"

　　我说："你是知道我不跳舞的，当然不会嫉妒，但是欣赏一个出众的女人，这点兴趣我还是有的！"

　　朋友牵着我，踏进舞厅，要了两杯咖啡，坐定一角。音乐响起，双双对对滑入舞池，舞者都是些上了年岁的人。

　　蓦然，眼前一亮！一棵美丽的圣诞树与一位男士翩然起舞。真是一棵流光溢彩、璀璨无比的圣诞树呵！她衣裙鲜亮、环珮叮当、粉面黛眉、唇红齿白、美目流转、巧笑情兮，更要命的是，她竟梳着十八世纪法国宫廷女贵族的油条辫子！

　　"怎么样？我没说错吧？"朋友眯着眼问我。音乐停了，朋友招了招手，"圣诞树"旋过来了。"嗨，欢迎欢迎！认识你很高兴！"在朋友的介绍下，她热情洋溢地致着欢迎辞，把手伸给了我。我恭维她的美丽多姿，她把脸笑成了一朵花："是吗，现在已经老了，我年轻时才是一朵花呢！"

"现在还是一朵花呀，一朵人见人爱的玫瑰花！大家说是不是啊？"旁边一位中年男士笑着打趣。

"嗨！别吃你外婆豆腐了！"她咯咯咯笑了一阵，继而转向我："你猜我有多少年纪？我已六十四了，属马的！六十四岁难道不是老外婆了吗？"

我张了张嘴巴，惊讶得眼镜差一点掉下来，有六十四吗，顶多四十罢了！"是真的，大家都说这是奇迹。"朋友轻轻对我说。

我刚想对这位"外婆"再说些什么，前面有人叫着"咪咪、咪咪"，她应着又旋进了舞池。"她在这儿起码有四五个称号，大家都喜欢她，喜欢跟她闹，叫她咪咪、宝贝、一枝花……"朋友告诉我，我说还可以叫她圣诞树，朋友大笑起来。

一曲舞罢，她过来喝水。朋友急不可待把我那美丽的想象传递给她，她呵呵呵、咯咯咯、哈哈哈笑倒在椅子上。"是呀，你看，我是一棵会飞的圣诞树！"随即，她踮起脚尖，扬起双臂，转起圈子，做了个芭蕾舞经典动作。

我真心诚意地向她讨教养生的秘诀，问她如何做到使自己至少年轻二十岁。

"有秘诀吗？我告诉你，一是营养，每天保证十杯水，一杯牛奶、一只鸡蛋、两个西红柿、两个苹果、一根黄瓜、一大碗绿叶菜，一样不缺；二是运动，我每天早晚两场舞不脱班；三是心胸宽广不生气，心理上保持年轻，当自己是十八岁，他们叫我一枝花，我感觉自己就是一枝花，大家当我是大众情人，我就把自己当作大家的宝贝；四是要打扮，自己喜欢怎样打扮就怎样打扮，不要管别人怎么看。我爱读法国小说，喜欢书里法国姑娘那种发式，我就耐心指点理发师为我专门做……"她坦荡荡快言快语，一五一十地告诉我。

再一次见到她的时候，是在一家茶室里，她已换了一套行头，但仍打扮得熠熠生辉，令人注目。她刚好背对着我，和两位女伴喝茶聊天，欢声笑语不时地传过来。"知道吗？搬到这儿，我又认识了一批新朋友，我给自己的岁数加了一圈，骗人家我有六十四了！为什么？好玩呀！我本来长相不老，再加十二岁，这样一来，反差更大了，大家就当我神仙下凡了。想想看，一个老外婆可以当少妇看，那是多么有趣呀！我还对他们说，自己从来没有生过病、吃过药，把大家羡慕得要死，要是让他们知道我两年前生过癌，那多扫兴、多没劲呀！只好当个骗子啦！哈哈哈……"

"哈哈哈……"她的两个女伴拉了拉她的油条辫，也笑得无比响亮。

我喝完茶，背向她，朝另一扇门，悄悄走了。从此，这棵圣诞树，一直种在了我心里。

洗　脑

　　她慢吞吞上了楼，刚开门，背后有人拍了她一下，惊回头，一个中年男子叫了一声妈。

　　"咦，稀客呀，今天怎么有空来？"她问他。

　　"礼拜天来看看你呀，陪老妈聊聊。"

　　"哎哟，不敢当不敢当。"

　　听老娘说话的口气不对劲，坐定下来，他想着今天来的任务，该怎样费点口舌把老娘的脑子洗明白。

　　未及开篇，传来敲门声，进来一个小伙子。

　　"小张来了，小张来了！"老太太忙起身招呼，小伙子熟门熟路搬张凳子进了卫生间，拿手上的新灯泡，把一只坏灯泡换了下来。出门时望了望男子说："奶奶有客人啊。"老太顺着说："是呀，难得来的。"

小伙子走后，他开说了。

"这个人，刚才我看到他在门口那店里手舞足蹈，领着你们一群老头老太又是拍手又是唱，后来又开了电视介绍什么东西，说得花好桃好，骗你们买。"

"你跟踪我？"老太太瞪大眼睛。

"别人不告诉我，我还不晓得老妈现在这样忙呢！"

"我哪有你忙？你们一家三口全世界兜风白相，不要太忙！"

男人明白了，这次在普吉岛碰到老邻居阿毛娘老少三代同游，那老太太哪会不说！于是对老娘说："你不是脚不好吗？你脚好，我也会带你去的。"

老太太鼻子里哼了一声，男人忙转换话题。

"我看门口那家店是骗人的黑店……"

"那叫'快乐之家'。"她纠正他。

"什么快乐之家！"男人冷笑，"全是掏你们这些没文化的老人钱袋子的，那个小张，一定让你买了他们不少东西吧？"

"那倒是的，我在他手里买了不少。"老太太承认。

一听这话，男人开始巡视四周：老旧公房，屋内所有物件也都符合"陈旧"两字，一帧老人遗像，也是旧的。只是厨房水池边一只净水器，新的。房间里一台空气净化器，新的。还有五斗橱上，堆了些花花绿绿的保健品，很扎眼。

男人一样样仔细看了看，叹了口气：这些骗子骗起老人来眼睛也不眨的！

"这些东西能吃能用，哪能好说人家骗我呢！"

"这你就不懂了，你儿子我就是搞销售的，这些东西成本极低，中间的利润就是从你们口袋里骗出来的。"

"那你做销售也是在骗别人吧？"她问。

"我们是大公司，他们是什么东西？总而言之，这些人是靠不住的。你前前后后在他们那里一共花掉多少钱？"他追问。

"大概两万吧。"她说。

一听两万，他放大嗓门跳了起来："你一年养老金有多少？被他们一下子骗去这么多，再这样下去，你将来养老生病住院怎么办？"

"我现在已经在养老了，我又没用你的钱，你跳什么？"她也光火了。

"好吧，老妈，我好好跟你说，儿子不会给你当上的，这种地方你不要去，去了就被洗脑，耳朵根一软钱就骗光了。"

"但老人在那里很开心的，他们带大家说说笑笑唱唱，我们有了难处他们也肯帮忙。"

"他们是醉翁之意不在酒，哄你们开心，搞点小恩小惠，目的就是把你们的钱骗光。"

"实话跟你说，骗掉点钱我也是情愿的。"

"老妈，你这是什么意思？"

"你不懂吗？我倒是希望你这个儿子也常常来哄哄我，让我开心开心，少点寂寞，你做得到吗？我一年能见你几次？平时电话也不打一个，我有点事都是请外面人帮忙的！"

"再说啥叫骗？人家陪你聊天，哄你开心，也需要花心血花时间的，现在不是还有出钱让人家来陪聊的吗？人开心了就少生病，就长寿，人活得长，养老金就多拿，这样一算也不吃亏，你懂吗？"

老太太给儿子洗脑，越说越多，儿子渐渐招架不住，落荒而逃。

看儿子出门下了楼，她拉开窗门朝外看，他钻进了小车，引擎一动，朝外开去，她目送，直到车子变成一个小黑点，才回转身对着老伴的遗像，哭了起来。

三个卖菜娃

黑　娃

他看上去三十不到一点，在我眼里也算是个娃，高大的身材，黝黑的脸膛，说起话来中气十足，特别是吆喝起来，那东北大嗓门能穿透整个菜场，震人耳膜。

这个菜场里租赁的摊位大多是外乡人，本地人只占极少部分。他是初来乍到，还不懂这儿的规矩，只管拔直喉咙，兜售他的菜："来来来！新鲜的黄瓜西红柿，翠溜溜的油菜豆角啊！全都是自己地里种出来的哇！"

他的菜不像别人的摊位，样样菜都码得整整齐齐的各就各位，他的菜是胡乱堆放的，倒真有点像是农民刚从地里弄出来随意扔下的。

有一次，他变了花样喊："来来来！这么好的菜全都是自家地里的有机菜，有机菜哪有机菜，谁不买啊谁犯傻呀……"

每天来菜场的老主顾，大都已熟悉菜场各摊位的基本状况，也都有自己比较喜欢愿意经常光顾的几个摊位。而摊主们呢也都有各自的生意经，有的以品种多取胜；有的走高端路线，只卖稀罕精品；有的品种不多总卖那几样，但薄利多销，以价格取胜。他们大多从不吆喝的，即使有几声吆喝，也都是放在傍晚收摊处理一些落脚货时，用极低廉的价格喊两声招徕顾客。所以黑娃油嘴滑舌的吆喝，只会引来同行的讪笑和不屑，而顾客听了他的大嗓门，初始或许有光顾他的兴趣，但看到货并无特色，也无价格优势时，心里也会厌烦他的虚张声势。

有一次我问他："你的菜真是有机菜吗？"他不正面回答我，只说："我的菜可都是大田里种出来的，是我一个朋友租的地雇人种的，可新鲜啦！""那你朋友的这个菜不施化肥不用农药吗？"见我这么追问，他眯缝着眼睛，想了会儿说："这我可不太清楚，但我朋友说这菜打药水少是无公害菜。"我告诉他农药用得少无公害不等于是有机菜，又问他："你知道现在大田种植有机菜要花多少成本吗？现在超市里有机菜是什么价位你清楚吗？如果真是有机菜，你卖这个价不是要大蚀本吗？"他听我这么一说愣在那儿，好久没言语，过后挠了挠脑袋咧着嘴笑了，说："现在不是大家都爱吃有机菜吗？我们老家那儿卖菜都这么吆喝的。"

"这可不能随随便便瞎嚷嚷啊，牛吹大了会把人吓跑的，说话不属实忽悠人，以后谁敢相信你？没人相信你了，你的生意会好吗？我们上海人蛮顶真的，可不喜欢吹牛的人了。"我好为人师了一番，他张大嘴巴，想说些什么又没说出来，最后难为情地又笑了起来，也问了我一句："您大约是当老师的吧？"

再以后不大听到他的大嗓门吆喝了，他的菜也开始像其他摊主那样，归置得整齐些了，比过去有模有样多了。我经过他那儿，有时买一点，有时不买。朝他一望，他便回我一个笑脸，眼神里似有某种默契。

白　娃

他脸色白中带黄，身体薄瘦，大约十七岁模样吧。他的菜呢，也跟主人的精气神差不多，蔫头耷脑的。

说他是卖菜，倒不如说像在替旁人看摊子，顾客从他摊前走过，他多是视而不见，没有一句招呼，没有一点招揽生意的热情。

因为顾客问津少，他常常闲着，闲着无聊就坐在高脚凳上弓着腰翻看手机，他是全菜场里唯一坐在凳子上卖菜的人。

我问他："为什么你的菜都无精打采像没睡醒似的呢？"他苦笑着说："这菜进得便宜，我也卖得便宜，好点的进价高，如卖不掉，我不是亏多了吗？"我说："你可以换一种想法，如果进的菜好，即使今天卖剩下，明天也不至于烂掉，还可以继续卖。而今天已经不新鲜的，如卖不掉，明天就要烂掉全倒掉，不是更亏吗？"

过了一段日子，他的菜似乎好看些了，但是价位却比别的摊位又高出一点。为什么呢？他又苦着脸说："我进的菜少就进不到价格便宜的好菜，进价比别人贵了也只能卖价高一点了，否则我就一点也赚不到了。"

是啊，一个年轻的新手，没有熟悉的进货渠道，没有大手笔的交易，批发交易市场上也是争不过别人的。与他有些熟了，他告诉我，他初中毕业后，家里就供不起他再读高中了，家人让他到这儿老乡的一个建筑工地上打工，他没有力气干不动，做了没几天就逃了回来，后来还是通过这个老乡，介绍到此地来卖菜。他向我叹苦经："谁想卖菜呢！这地儿，夏天热得要命，连个电扇都没有，冬天冷得要死，又见不着一点阳光，摊位费又贵，上个厕所也要付五毛钱。"我有些诧异，现在的公厕不是都免费了吗？边上人告诉我，菜场里的厕所，是雇人清扫的，所以用的人每次付五毛钱是给打扫者的收入。

冬天到了，他的两只手插在袖笼里，人也不坐在凳子上了，而是站着不时轮番跳着两只脚取暖，他的摊位正对着风口。有一次，我见他抽起了烟，一手夹烟，一手抹淌下来的清鼻涕，见到我装作没看见。我走近问他："你怎么抽上烟了？"他垂下眼，有气无力地说："冷呗，抽上暖和一点。"

我不知道这个少年，这样的工作，能否养活他自己。我想劝他一句，既然做了这一行，就要勤快点不要怕吃苦，要想办法做好。然而话到嘴边，我咽了下去。这个城市里，有多少十七岁的少年，在这个寒冷的冬天，会在有空调的屋子里被家长护着疼着，将一碗碗热气腾腾的好饭好菜伺候上。而这个少年，凌晨三点钟就要踩着黄鱼车，去蔬菜批发市场上挤在人头中讨价还价进货，而后再把一袋袋沉重的菜费劲地搬上车，赶往菜场，开始他一天的日子。世界已联网，他捧着的手机上，这个城市里他同龄人校内校外的生活，也不会对他屏蔽。我想奉劝的几句话，于他终究是空洞的。可是又有什么办法呢？

红　娃

他很壮实，二十四五岁的样子，红扑扑胖墩墩的脸上，嵌着一对小眼睛，笑起来眼睛更小了，脸也更红了。别看他熊猫般胖乎乎似有笨拙样，其实手脚灵敏得很，我看他整理蔬菜，削根去叶，一手握菜一手捏刀，霎时一堆披头散发的菜整修一新叠成一个翠玉宝塔样，那真叫有范儿。

顾客都喜欢他，尤其是大妈大爷们，有时偶尔红娃缺席菜场一天，第二天一到，必有几位老人家围着他问长问短，像是他们牵挂着的本家小辈。大家喜欢他憨厚好脾气，喜欢他乐呵呵的面容，亲切的话语，当然更喜欢他的大方不计较。现在卖菜人称了菜，价钱上整数多出一两毛，一般都会让利顾客。而这个红脸娃，有时连三五毛都让掉的。有次一位老阿婆称了五块五的菜，摸出一张十元票，他找了人家五元，老阿婆不好意思，坚持要他找四块五，两个人让来让去，最后还是他一锤定音。也有一次，听到一位大妈教训他忘了给她送葱，大妈像数落自己的儿子："你平时蛮拎得清的，今天怎么一忙就可以忘记呢，下次要记记牢啊！"我在一旁好笑这位大妈的训诫，好像红娃违反了买菜必要送葱这项契约似的，而红娃听了大妈的教训，连连点头，依然笑脸如弥勒，赶紧将一把葱塞到她篮里。

可是有一次我见到了他男儿的另一面。一位大妈和大叔在他摊位前为争抢一颗西蓝花闹了起来，大妈嘴不饶人，大叔开始吐脏话，眼看战火要起，只听红娃声音响了起来，对着那个男人叫了两声："嗨，嗨，咱是爷们儿！咱是爷们儿！"而后又用一只手指竖起放在唇边，以示爷们儿赶紧闭嘴，那爷们儿终于被红娃这声"咱是爷们儿"镇住了。我心里叹服的是，他不说"你是爷们儿"，而是用了"咱"。

我私下里称他大熊猫，有一次忍不住告诉了他，他身旁同样胖乎乎，有着夫妻相的妻子笑了好一会儿说："哦，这是国宝呀！"我说："是呀，你老公就是这个菜场里的国宝。"他妻子说："他傻样呀！"我说："他哪里傻呀，他可是这个菜场里顶聪明的卖菜人呢！"

不是吗，他的菜品种齐全且价格公道，多数情况下，要价比周围的摊位略低一点，走的是薄利多销的亲民路线。他又深谙和气生财之道，乐乐呵呵，和蔼可亲，对顾客从无冷脸高调门。仅凭这两点，他的卖菜生意已聚满了人气。差不多的菜，当别的摊位今天卖不光明天还要继续时，他的菜时常不到下午就卖完了，营业完他爱干吗就干吗了。其实最难得的还是，在他人看来这份不无卑微的卖菜活儿，到他心里是"喜欢"两个字。因为喜欢所以尽心尽力，因为尽心尽力就大有收获，他不但收获了养家的能耐，还收获了众人对他的信赖，更收获了一个劳动者的体面和尊严。这样的人不聪明吗？

下午的阳光

　　冬天光照短，下午三点左右，赶在阳光结束前，楼里的人们，三三两两从窗户里探出身子，手里舞着一根藤拍，对着晾晒在外的被子，一阵噼噼啪啪，棉絮里的灰粒在阳光下升腾。劳作完毕，人们抱着暖洋洋的被子，扔到床上。

　　忽然，又是一阵噼噼啪啪，这是鞭炮声。俄顷，大炮仗也惊天动地响起来，院子里的人们都跑了出来。一辆轿车停在大门口。黑色的车身上，缀满了鲜花。这是婚车。车里走出一个西装革履的男青年。

　　"哟，这不是二楼张大妈的儿子阿东吗？哦哟，瘸腿阿东也娶媳妇了！"

　　"哦哟，快看，新娘子蛮漂亮的嘛！哎，新娘子有点像阿福娘子年轻时的样子呢！听说是个外来妹呀！"

突然，人们凝神屏气了！只见新郎对着刚被搀出车子的新娘，微微弯了弯腰，猛然扬开双臂，将新娘子抱了起来。新娘就斜躺在新郎怀里，眯着双眼，脸上盛开着玫瑰，白色婚纱逶迤在地。瘸子阿东，步子有些艰难，但却很沉稳，一步一步，托着新娘，进了大门，蹬上楼梯。

人们的目光一直迎送着，久久。人群里，阿福嫂和她的男人也看着这一幕。人们又开始议论了。

"现在的年轻人花样经很透呢，也不怕难为情……"

"哎，不能这么说，这也是一种仪式呢！相互爱慕让大庭广众做个见证呀。"

"抬进门，抱进门，将来吵架也好说话，是你抬我抱我进门的……"

"哎，我们过去也风光过，也是八抬大轿抬进门的……"阿福隔壁九十岁的张婆婆也颠着一双小脚跑出来看热闹。

身子圆圆的阿福嫂一声不响。过了好一会儿才抹了抹湿了的眼睛，又狠狠瞪了一下身旁身材矮小，显得有些猥琐的男人。阿福嫂和她男人三天两头地吵架，是这幢房子里有点名气的。

吵架无好话，成为经典的常有这么几句："倒了八辈子霉，嫁给你这种孬男人！下辈子嫁鸡嫁狗也不嫁给你！"

"又没有谁抢你上门，是你两只脚跑上来的，赖在我家里还不肯走……"

二十多年前的日子有些艰难，生活也显得粗糙。最让阿福嫂揪心悔恨的是，当初悔不该为男人省几个钱，免了坐小轿车出嫁，落下一辈子话柄。二十多年吵吵闹闹，哭哭笑笑，碗和盘子不知摔坏了多少，婚还是没离成。

这天傍晚，人们做晚饭时，又传来阿福嫂家里不太平的声音，掀桌椅、扔东西的声响在空气里散开来，刺激着左邻右舍的耳膜。

隔壁张婆婆撂下洗着的菜，湿着手，颠颠地走进阿福家敞开的门，只见阿福和阿福嫂跌坐在地板上，桌椅掀翻在地，乱成一片。但奇怪的是，俩人脸上倒还笑着，对着邻居连说不碍事。

第二天，就有故事在几个老太太嘴里传送着。据说，看完瘸腿阿东迎新娘的那一幕，阿福嫂回到屋里一直在抹眼泪。后来，瘦小的阿福拼着老命，抱起圆圆的阿福嫂步出屋门又折回屋里，象征性地完成了一种仪式，不料屋里狭小，不小心撞翻了桌椅，连带着将桌上的一套茶杯和一只老式闹钟滚落在地，摔成碎片。

但是，往后，邻居们不大听到阿福嫂拔着嗓子骂男人的声音了。

母亲节的礼物

起风了，雨淅淅沥沥下了起来。

她再一次端详着镜中的自己，轻轻叹了口气，觉得唇膏有点浓了，又用纸巾擦了一遍。

"告诉我，旅人！前面可有金苹果？"二十年前涂鸦的诗句一下子又在脑中响了起来。她的眼角似乎有点潮湿了。

当她准备开门出去的时候，却迎来了不期而至的女儿。

已经读了大学的女儿，仍是那么孩子气。片刻，叽叽喳喳的声音填满了一屋子。

"妈妈，你要出去吗？人家好容易挤了车子回来看你的！妈妈，今天是母亲节呀！母亲节就要和母亲在一起，对吗？嘻嘻，我可不愿让你出去。"

"妈妈没有出去呀。"她讪讪地说。"妈妈，你真好，给你吃个大苹果。妈妈，小月的爸爸给小月找了后妈，小月爸爸变得陌生了，小月不大愿意回去了……"

她的心"咯噔"一下。

"妈妈，你给我翻开眼睛，我的眼里好像有粒沙子，哎哟，妈妈，你弄痛我了，眼睛可是最小气的呀！"

她的心又是"咯噔"一下。

丁零零，电话响了起来。她猜测，这是他的电话。她站了起来，女儿的手按住了她的手。"妈妈，不要去接，今天电话一概不接，温馨世界，排除干扰，嘻嘻嘻……"

她的心跳了几跳，慢慢平静下来。"好的，妈妈不去接。"她望着女儿，笑了笑。

吃完苹果，说了些闲话，女儿先去睡了。她轻轻关上房门，坐在外间，拿起织到一半的毛衣，线一点点扯开，她的思绪也慢慢散开。年轻的时候，爱得如火如荼，然而那人只将爱的火星，一个尚在腹中的女儿留给了她。而他一飞出去竟不再归来。她恨自己的轻信，因此，她惩罚自己。十八年来，她拒绝了一次次机会与诱惑。只是在女儿进了大学住校后，她才试着接受了别人的介绍。

"会有金苹果吗？"跨出这一步后，这些日子里，她常常问自己。

她回味女儿刚才的话，她辨得出女儿的意思。十八年来相依为命，女儿聪明、可爱、争气、听话。她不能委屈心爱的女儿。算了吧，这么些年都过去了，再过几年，将要退休，到那时，女儿大学毕业了，也要成家了，我呢，就安安心心地做个好外婆，捧着白白胖胖的小外孙……

想到这里，她心中的苦涩竟泛出了一点甜来。

丁零零！电话铃又一次不屈不挠地响了起来。她站了起来，又坐了下去。

她走进里屋，想看看女儿是否被铃声吵醒。

床上的女儿睡得正香，甜甜的笑容挂在苹果一样的脸上。一盏灯火照着桌上用信笺折成的一只小鸟，小鸟的翅膀上写着：妈妈收。

她小心翼翼地展开了鸟的翅膀。

亲爱的妈妈，原谅我刚才给你开了个小小的玩笑。我的几句话把你吓着了吧？不要害怕，我的好妈妈！大胆地去寻找一个属于你的好人吧！只是不要忘了考验考验他哟！这两张音乐会的票是我排了队买来的，特地送给妈妈……

窗外的雨悄悄停了，月亮露出了整个脸盘。她哭了。

一只柠檬

一只柠檬被当作橙子出售给了一位来买橙子的女士。

柠檬混在一袋橙子里，既兴奋又紧张。它瞧着自己的同伴，一批又一批给人们带走，体现了自身的价值，而自己仅是因为货主的粗心搁错了地方，便一次又一次失去了为人效劳的机会。现在，命运让它来到这位近视眼女士家里，它能不兴奋吗？紧张的是，在这一群体里，它毕竟是个异类！它会遭到抛弃的命运吗？

它正想着，只听到主人的儿子，一个四五岁的小男孩，看到妈妈手中的袋子，兴奋得叫了起来："妈妈！我要吃橙子！"

"好的，好的，妈妈就是给你买的，快去洗洗手，自己剥了吃，妈妈还要做事情，待会儿家里有客人要来吃饭。"

小男孩在橙子堆里翻拣着，他的眼睛很尖，一下子就把这只与众不同的他认为好看的"橙子"挑了出来。他费力剥开一块皮，刚露出一点肉，就迫不及待地将嘴凑了上去。"哎哟，啧啧啧！"小男孩咧着嘴叫了起来，"妈妈，太酸了，太酸了，你买的橙子一点都不好吃！"

不会吧？女主人湿着手，走了过来，拿起这只橙子，用舌尖舔了一舔。咦！真是酸得不得了，再把眼睛凑近一瞧："哟，这不是柠檬吗？怎么鱼目混珠了！宝宝，这不是橙子，这是柠檬，小孩不能吃，吃了要坏牙。"

"妈妈，什么叫鱼目混珠？"

听到这话，柠檬心里有些委屈，它想，为什么不叫珠混鱼目要叫鱼目混珠呢！

女主人随手在橙子堆里挑了个大的，递给孩子，又忙开去了。

女主人请的客人，陆陆续续到了。听说女主人要烧一道鱼头汤，客人中有个来自海外的女士介绍说，她在那边学到一种烧法，鱼头汤配料中，除了白菜帮子、洋葱外，还要搁几片柠檬，这汤的味才鲜美独特。另有客人接着说："可惜我们这儿不懂这种烧法。"

女主人听到后，欣喜道："正好家里有只柠檬，今天就试试，看看我的厨艺行不行。"

女主人跑到小男孩房间里去取那只被咬过的柠檬，小男孩说："你不是说不能吃吗？我已经把它扔到垃圾桶里去了。"女主人想了想，避开众人的视线，就在垃圾桶里翻找起来。柠檬浑身上下已被沾上了垃圾屑子，幸好，它还结实。女主人用水清洁了它的容颜，又用刀子切去了咬过的地方，再把它一片片切开来。

正切着，那位懂行的女士又告诉说，不能多，三四片就够了，一只柠檬可以派两锅汤的用处，多了浪费，汤也变味。女主人就把余下的半只柠檬小心翼翼地收拾起来，放到冰箱里，等着下次再用它。

鱼头汤端上了席，客人们啧啧称赞，不一会儿，就喝了个底朝天。直到这时，柠檬才有了成就感。

余下来的半只柠檬居住在冰箱里，甚感欣慰。以后的日子里，它一直充满期待。每一次主人打开冰箱，它都想走出来，可是它没有脚。

几个星期后，它终于重见了天日。女主人清洁冰箱时，把它取了出来。可是半只柠檬已经轻得如同一只纸船，它的汁水已在等待中蒸发掉了。

女主人将"纸船"拿在手里，端详了一会儿，叹了口气，轻轻说："藏在太里边，忘记了。"随后，就将"纸船"扔进了垃圾箱。

就在女主人叹气的时候，其实柠檬也叹了口气，只是，它的声息轻微得如同一缕烟漫开来，谁能听到呢？

今生来世

　　他已是这个镇上最年长的人了。他二十一岁飘落到这个古镇，经营着一家玉器铺子。如今九十岁的他，也成了一块压镇的古玉了。镇上的人都敬着他，敬他的才学、手艺，他饱诗书、识器物，他经营的买卖从未走眼过；也敬他一生为人，好善乐施重情义。当然，大家也感叹他，一生孤苦，无妻无儿亦无孙。所幸，他身体还硬朗，小铺子的经营也足以供给自己的衣食。七十岁之后他关了店，每日喝茶、养花，作消遣。间或，画几笔荷花、兰草、美人。

　　镇上有点年纪的人都知道一点他的身世，年轻人也从老辈人口中听到过有关他的传说。他十九岁结婚，夫妻间情投意合、相敬如宾，胜似梁鸿孟光举案齐眉。难得的是妻子阿莲还是当地出名的美女。他完婚不久，为了一宗生意，就去了外乡整两年。

两年后，他归家时，正是秋荷渐枯、满塘莲蓬诱人时。妻见到风尘仆仆的丈夫突然归梓，又惊又喜，侍汤端茶后，即挽了个竹篮，去了莲塘。她知道丈夫最喜食莲子，她要满采一篮回来，让丈夫吃个够。谁知，她这一去，竟再没有回来。她不慎滑入藕池，等人抬上岸来，满身的淤泥染遍了她清洁的身体。

他痛不欲生，痴傻了好久才醒来。从此，他清心寡欲，吃素念经，为妻守到白头。七十年来，妻没有一天不活在他的思念中。妻的生日忌日、寒食清明、元宵中秋、盂兰盆会、冬至除夕，他没有一次忘记焚香祭奠。谁都知道，再怎么伶俐的媒人都难踏进他家门，世上再无谁能替代他心中的莲。他画的莲花娇艳无比，风姿绰约惹人怜。他画的美女，都藏着他娇妻的眉眼与风韵。他实在是旷世情痴！女人们口口相传。

他九十岁那年的一个秋日，正是莲蓬上市的时候，那是妻子去世七十周年的前一夜，他又梦见了他的阿莲，他很奇怪，几十年来，无数次梦中的阿莲见了他都是哭着背转身，挽着一只竹篮逃走的。这一次她竟笑吟吟地向他走来，他奔着，迎了上去，突然，阿莲转瞬间没了踪影。他大声叫着："阿莲阿莲！等等我，不要扔下我呀！"他追呀追呀，终于抓住了阿莲的衣袖。他泪流满面，哭着叫着："阿莲阿莲！死是容易的，苟活难熬啊！阿莲呀阿莲，我七十年赎罪只等你应我一句话，你为何一直不理我！阿莲呀，我恨呀！恨我有眼无珠不识宝，让别人的一句谗言堵住了心，没想到你性情这么烈，为了我一句昏话竟投了塘！撇下我七十年好苦呵！阿莲呀，我就要来了，我来了之后，你再也不要躲开我，我们要相亲相爱再过一辈子，让我服侍你一辈子，待你好一辈子。阿莲呀，你不要松手，你听见了吗？阿莲，阿莲……"

果然，阿莲停在了他面前，她伸出纤纤素手，抹去了他满脸的泪，又把他的衣衫整了整。"官人，你等一等，我去沏一壶茶来。"不一会儿，阿莲提了一壶茶过来了。"官人，你把眼睛闭上，把嘴张开，我侍候你吃下去，这叫孟婆茶，喝了它，就会把前世的事情都忘记，忘记了前世，我们才能好好过下辈子。"他听话地把眼睛闭上把嘴张开，张得很大很大。

第二天，这位九十岁的老人再也没有起床。人们见到他的遗容，眼闭得紧紧的，嘴张开着。人们哪里猜得到，昨夜的梦，遂了他七十年积攒下来的一个愿。

邂逅庞飞

十五年前，不期遇见庞飞的时候，我们已有十年没见面了。我俩喜出望外，用力握着对方的手。庞飞说："真巧，竟在家具店里碰到了！"庞飞问我，"你也准备换家具吗？"我说房子大了点，想添个沙发。庞飞说："我也是，刚刚搬进两室一厅，老家具都处理了——旧的不去，新的不来嘛！"

临走，我和庞飞问店里讨了张纸，一撕两开，各自写上自己的住址和联系电话，递到对方手里。我们相约：一定要到家里来坐坐啊！

十年前，我在一家大型建材超市里又碰到庞飞了。我们兴奋地摇着对方的肩膀。庞飞说，房子又变大了——是三室两厅的！这次准备花点心思，装修到位。庞飞指着一种进口瓷砖很内行地对我说，这个牌子在欧洲市场上也是有点名气的。庞飞问我："你也换了房子吧？"我说："是的，我来看看地板。"

　　分手时，我和庞飞交换了名片，又掏出手机把对方的手机号存了进去。庞飞说："有事多联系，得空一定来家玩啊！我还养了几缸金鱼，都是珍稀品种。"我说："改天一定来，你也有空来我家啊，我学了点茶艺，略懂茶道，到时请你品好茶！"

　　五年前，一个午后，我刚走出酒店，就见隔壁一家颇有名气的画廊门口，一个脑门儿亮晃晃的男人从车里出来向我招手——我与庞飞又见面了！我们欣喜异常，仍呼唤对方的小名：胖胖！毛头！声音大得让旁人侧目而视。谈话间，庞飞告诉我，他又换了房子，这次在郊区买了别墅，都装修好了，就是墙上还缺几幅画。庞飞问我："你也搬了吧？"我说："还是老房子，不过两年前在南方临海处，买了一套景观房，还一直空关着。"

　　庞飞选画很挑剔，我和他的助手帮他选了几幅风景画都没入他的眼，他只相中了一幅名为《一地阳光》的油画。画面上一群男女老少中国农民，蹲在地上，围在一起，掰玉米棒子。金色的玉米和金色的阳光交相辉映，画面人个个咧着大嘴，喜笑颜开，一旁的鸡和狗奔忙着。庞飞解释说，公司墙上都是风景画，自己家里空荡荡的，这幅热闹点，添点人气。

　　分别时，我们交换了各自已更新了的名片。庞飞说："岁月不饶人，都快老了，以后一定要多聚聚，我花园里还挖了井，筑了游泳池，安了秋千架，都是名家设计的，蛮有特色，有空想着过来啊！"我说："好的，明年哪个节假日你若抽得出空，我们两家人也可一起到南方度假，看海，泡海……"

话还没说完，庞飞的手机响了起来，而我身上的手机也已振动了好几次。于是我们边掏手机边匆匆道别。

说来也巧，这些年来，我与庞飞，差不多每隔五年，总会撞见一面。现在，五年又要过去了，我仍没有去过他家里，他也没光顾我家。昨天傍晚，我在加油处停车加油时，对面一辆凯迪拉克车从眼前掠过，开车人像是庞飞，是胖胖！我想喊他，可哪里叫得着呢！

当夜，我在梦里又见到了庞飞。那是三十年前的情景——我们朗读普希金的诗，讨论海明威的小说。那时，我们喜欢文学，心怀虔诚，常常感动自己。那时，我们也偷偷学着作诗写小说，常常为一个字眼，某个章节，两人会争得面红耳赤……后来，为参加恢复不久的高考，我们又常常聚在一盏灯下温习功课……那时，我们是老街坊，住得都逼仄。我们的脚，有时候，一天里会朝对方家门跨几次。

姐妹花

她放下电话，怔怔地跌坐在床上。

"阿囡，快过年了，今年一定要回来过年啊，五年了，妈想你啊！妈想你想得心口痛，夜里一直睡不着……"

"姐姐，求求你了，回来过年好不好，我也想你呀！年初二是妈六十岁生日，你一定要回来噢……"

妈妈和妹妹的声音里都含着哭音。

是的，五年了。她一直漂泊在异乡，一直没有回到南方的家。

思绪，渐渐涌起，像海浪一样一波一波拍打着她的心。

那天，正是寒假里，她和妹妹在家门口小花园里打羽毛球，妈妈坐在花园的长椅上，边织毛衣边和邻居闲聊。邻居夸妈妈好福气，养了两个有出息的好姑娘，妈妈的眼睛都笑弯了。谁说不是呢！她二十，妹妹十八，花一样的漂亮，上的又都是重点大学。

　　羽毛球正打得气喘吁吁时，她的同班男同学小林骑着自行车经过，小林惊奇地叫了一声："嗨！你家住这儿？"原来小林的姑妈也住在这儿。她的脸一下子红了起来，心扑通扑通直跳。她是喜欢小林的，暗地里偷偷地喜欢，喜欢他满身的朝气，更喜欢他干干净净的模样。

　　后来，小林常来，渐渐和母女三人打成了一片，俨然这个家的成员了。大学快毕业的时候，妈妈已把他当准女婿看了。妈妈对她说："小林人不错的，工作安置好了还是早点结婚吧，好让妈少操一份心了。"她娇嗔地说："人家又没表白过什么！"

　　可是，突然地，她发现了小林和妹妹竟偷偷幽会！在她的逼问下，妹妹向她摊了底，原来俩人早好上了！

　　她哭着告诉母亲，母亲哭着求妹妹放手，妹妹又哭着求姐姐成全。

　　她心碎了。毕业后毅然决然地离开了家，一别已是五年。五年里，妹妹已与小林结婚生子。她一趟趟拒绝了亲人的召唤，当然她也矜持，只说公司忙，走不开。五年里，她在北方一家大公司里发展得很好，周围不乏求爱者。有一次，差不多和一位博士有了点意思，可是那人一次酒醉，满身秽物，满口胡话，把她吓退了。她的心里仍有小林干净斯文的影子！

　　她难道不想家吗？她也想啊！爸爸去世早，妈妈多辛苦，多么不容易！妹妹呢，自小是她的影子。她有一块糖，也要留下来给妹妹；妹妹有两块饼干，也要分一块给姐姐。啊，当年的小妹已做了妈妈，我也当了姨妈了！可是，我的痛，妹妹你知道吗？……还是回去一趟吧，妈妈已六十岁了呀！

她说服了自己，然后去了美容院，然后去买机票，然后打电话给妈妈。

年三十傍晚，她叩响了家里的门。母亲含泪扑了过来，接着是妹妹，接着是牙牙学语的小外甥伸出小手迎上来。

坐定后，房中走出了小林，他胡子拉碴，头发横七竖八，穿着一件脏兮兮的羽绒服，有些尴尬地笑着，将地上的孩子抱了起来。

吃罢晚饭，她侧眼望去，发现坐在沙发上看电视的小林，放下牙签，竟有滋有味地挖起鼻孔来。她怔了怔，突然地，觉得好笑起来。她轻松了，心里有一样东西放了下来。

一年后，她结婚了。可是，她不知道，那天小林的邋遢表现，正是妹妹事先做了导演。

两盏灯

　　午夜了，两盏灯还亮在各自的书房里。过了会儿，一盏灯熄了，另一盏灯也熄了，俩人先后走出书房到了客厅里。

　　倚在沙发上，默坐了会儿，教授正了正身子，将妻的手慢慢地拢在自己的手心里。落地灯的光虽不十分明亮，妻却看到了丈夫眼睛里的问号，那问号让她惶恐，她赶紧将目光收回，手却无力抽出。

　　"孩子，我们谈谈吧，最近这段日子，我感觉到你有心事，不快活，很压抑，是吗？告诉我，看看我能不能帮助你。"

　　她的心一下子跳得厉害，脸烧了起来。她觉得再也无力回避丈夫探询的目光，那是一双研究了一辈子心理学的眼睛啊！

　　不知怎么，她想哭，突然间，她有些失控地叫了起来："孩子孩子，我是你孩子吗？你一直把我当孩子吗？！"

他温和地拍了拍她的肩，起身为她端来了一杯水。"静一静，慢慢说，夫人！"

她喝了口水，情绪平静了些，思绪却把她带到了十年前那个夜晚。

那也是快午夜了，徘徊在校园的小径上，见教授屋里那盏熟悉的灯火还亮着，她鼓足了积蓄起来的全部勇气叩响了教授的门。也是坐在沙发上，她结结巴巴语无伦次地向教授表示了爱意。

教授先愕然，后感动，再是感慨。教授已六十多岁了，面对年轻的女学生，他轻轻劝导："孩子，你不要心血来潮，见我无儿无女妻子去世，觉得我孤苦，就给予同情……"

"不，我爱您，一直爱您，我是认真的！除非您不爱我，我才放弃！您爱我吗？请您回答我，不要回避，我要听真话！"她放大了声音，是那么毅然决然。

他真的有些激动了，好一会儿才让情绪平静下来。他把她的手握在自己的掌心里："孩子，我来帮你分析一下，看看你的这份感情里有哪些成分，好吗？你自幼丧父，无疑心底里是渴望父爱的，而我的年龄足可以当你的父亲；我所谓的一点学问、一点声望，或许也容易引起像你这样怀着事业心的女孩子的好感，这份感情里，除却这两点外，剩下的，你要仔细考量一下，还有多少是属于男女间的情爱，所以你我都不要先急于表态，可以用一段时间想想清楚，再作决定不迟。"

半年后，她毕业，挽着教授的手，走进婚姻殿堂。他欣喜之余也冷静地对年轻的夫人表白："孩子，感谢你的爱、你的青春，给我暮年带来生机，但是当有一天你不再爱我了，一定要坦诚相告，我一定会尊重你的选择。"

　　现在，是坦诚相告的时候吗？她为自己的背叛而羞愧！但是，她确实无力抵挡教授那直抵人心的眼睛。

　　她哭着断断续续地讲了这一段时间里，她与一个男子一见钟情的过程和感受。他静静地听着，轻轻地摩挲着她那双微微颤抖的手，不时地把杯中的水送到她唇边。

　　她的声音停息了。他沉默了好一会儿才缓缓说道："孩子，哦，夫人，感谢你信任我，我能说什么呢？在你那么年轻的时候，就无怨无悔地嫁给我，爱我，给我温暖，给我深情，我们一起度过了非常幸福的十年。现在我已七十多岁了，身体日见衰老，而你才刚刚四十出头，这个年龄正是女人一生中最渴望激情滋养的人生阶段，男女结合，性爱是十分重要的，我们不能不重视它，如果现在你确实找到了能使你更快乐、更幸福的人生伴侣，那么我怎能不成全呢！只是仍希望你不要匆忙决定，仍用一些时间，考量一下你们爱的分量，而我们则可以先分居一段时间。"

　　三个月后的一天，他与她聚在灯下商拟一份离婚协议书，俩人为积蓄和一些生活用品互相推让时，突然间，他倒了下去，再没有起来。

处理完丧事后，她在教授的抽屉里，发现了他写给她的一封信：孩子，假如有一天我突然倒下，你不要惊慌，不要自责，早在你我那次谈话前，我就查出有心肌梗死的征兆，怕你有思想负担，所以没告诉你……

现在，教授去世已经十年了，她一直没有再结婚。她的时间都花在了整理、研究教授留下的遗稿和课题上。在书香弥漫的夜晚，她喜欢把教授桌上的那盏灯也捻亮，两盏灯一起亮着，她觉得温暖。

狂女阿罗

阿罗在我脑子里是可以归入"狂人"一类的。她是我们村贫农长庚的女儿。相貌丑，大概可以比得上齐国的钟无盐，但却无钟离春的才。小学读到五年级，留了二级，还不把任何人放在眼里，为人处世总与人拗着。你要她朝东，她偏朝西，大约是想强调出自己的"与众不同"，或是挣回自以为是的"面子"来。村上背后都叫她"泼货"，女孩子不听话，或者顽皮，大人便要教训道：你想学长庚家的"泼货"吗？

她的父亲对她也有着几分畏惧，有时背后与人说起女儿的粗野，总要扭头看看。大家都说，她的"泼"是长庚宠出来的。长庚是个穷得叮当响的农民，阿罗五岁时死了娘，长庚尿一把屎一把地把这个独生女养大，放任她，骄纵她，最后女儿竟成了祖宗，家中事稍不称心，阿罗就要耍泼。"泼"的唯一好处是，乡人不大敢欺侮长庚这个老实人，大的坏处是，长庚丧妻后，想讨点好处的媒人见家里供着这么个横眉怒目的女金刚，胆子和嘴巴都小了。久之，长庚也断了续弦的念头。

好在女儿一天天长大，人虽长得个五短身材，可手脚像男人，力气也出奇的大，一天到晚赤着脚帮他父亲摆弄自留地里的农活。读书读得不好，小学三年级留了一级，到了五年级再留一级的时候，她便把书包里的书统统扔到门前的河浜里，然后第二天便扛着一把锄头跟她父亲下地赚工分了。长庚是无法说服这个女儿再读书的，再说那时还没有实行义务教育制，众人对她自愿当"童工"也无可奈何。

阿罗一天天长大，看到父亲的腰也一天天弯了下去，某一天动了恻隐之心对父亲说："你要想讨老婆那就再讨一个吧。"父亲神色黯然地摇了摇头。女儿见父亲不领她的情便动了怒，大声说："我叫你去寻，你就去寻！"长庚只好说："我已老了，大把年纪了，到哪里去寻呢！"阿罗反驳说："啥人说的！我倒不相信！"结果这个"泼货"女儿真的托了媒人为父寻妻。媒人找到邻村一个新寡的女人，试着撮合。那寡妇说，找长庚还要搭个后娘，怕没这个福气。她的意思是，到了长庚家，怕是要和阿罗的关系倒过来，称阿罗为"娘"了。媒人把这番话一五一十说与阿罗听，阿罗听了沉默了好一会儿才骂出几声娘。

后来长庚终于寻到了后妻。女人带了个小女孩，是从外地逃荒来的。媒人瞒住了阿罗的"泼"，只说还有个能干重活、苦活的女儿。后娘是个慈眉善目的女人，进门后事事谨慎、处处小心，与阿罗还算相安无事。阿罗只是不肯叫娘，叫她"哎"，有事"唔"一声了事。后来亲戚对阿罗说："看在爷的面上，娘总要叫的，她总是长辈。"阿罗却对亲戚说："我不给她面孔看，也蛮好了，再对她客气要养刁的，你看，我老爹就把我养刁了。"亲戚对她这番理论只有瞠目而已。

后娘小心翼翼，善待这个女儿，煮两个鸡蛋，也要挑一下，大的给阿罗，小的给自己带过来的女儿。可是有一次阿罗还是"犯毛"了。一个冬日，阿罗田里收工回来，看到妹妹脚上穿着一双新棉鞋，想到自己大冷天还是单鞋一双，到底是后娘偏心，不由怒从中来，晚饭时，饭桌上就发作了，话十分难听："哎，六月里的日头，晚娘的拳头，一点不错，同样的天气，我穿的啥！"后娘一听这话就哭了。还是妹妹从房里取出一双棉鞋，递给姐姐，说："妈妈原是做了两双的，只是今天冷，我先穿了试试的。"阿罗一听愣了一会儿，便伸出巴掌朝自己脸上左右开弓，连骂自己不是人，还说了一声大人不和小人气，总算承认了自己是小人。第二天竟动了私房钱买来了一双新雨鞋要送给后娘，后娘说："我的雨鞋还好好的花钱干什么？"阿罗也不解释，只说新的好，旧的她扔了。原来昨天她在饭桌上要泼前，就已经用剪刀把后娘的两只雨鞋底上各挖了两个洞，也亏她手劲大。

这样的脾气，总叫家人怕她。后来她竟交了好运当了工人。

那时我们这个村子里多数人家是农民，少数是工人，或是其他劳动者。所以工人一向被农民羡慕的，谁家出了个工人阶级，是很庆幸的。阿罗的运道还是出在她不安分的性格上，譬如，她的父亲断言她是种田的命，她就要把命翻一翻；譬如，别人嘲笑她冬瓜身材长相粗，她便要有所能耐，混个人样给你们看看。

她家的一个亲戚在村附近一个运输场里，有次偶然说起场里要招两个揩车子的工人，她一听便缠上了，硬要亲戚介绍她去，亲戚说那是男工干的重活，女的不合适，她说："你叫两个男工来我们打打看，看谁赢。"亲戚经不起她的缠磨，就把她的力气向运输场作了重点介绍，那里的头儿让阿罗去试试看，结果她一人顶上了两个人的活，自然大受欢迎，成为工人阶级的一员。

尽管这是个比种田还累还脏的活儿，阿罗却不觉其苦，一天到晚穿着油腻腻的工作服，满怀豪情，住在厂里。礼拜天回家来一次就像贵妃娘娘省亲一样，威严风光集一身，前呼后拥常常屁股后面跟着一帮傻小子。她一手拎两瓶老酒，另一手揣一包猪头肉之类的熟食来孝敬她的老父。常常父女对饮，父亲喝不过她，便宜了几个讨酒吃的傻小子。

每月把钱都用光，老人便劝她："阿罗呀，你总要成家的，省点钱吧！"她撇撇嘴说："吃光用光死得不冤枉！不要替我操这份闲心！"或许是她心悬明镜，明白凭自己的这副长相是鲜有人来求亲的。也有村里一些二流子之类的拿话激她："阿罗呀，嫁给我怎样？"她便哈哈一阵大笑："你要娶老娘，撒泡尿照照像样不像样！"有人凑热闹问："那你要啥条件的？"她诡秘地一笑："我讲出来你不要吓死噢！"有人又说："你倒说说看呢，我们好留心着呢！"阿罗便像唱山歌似的吐出一串："毛泽东思想，刘少奇修养，周恩来卖相，还要朱德的健康！"别人没听清要她再说一遍，她又大着喉咙唱了一遍。这下把大家既吓住又笑死！综合这么多伟人优点的人怕是还没有养出来吧！她可更得意了："怎么样？符合这条件的来跟我说吧。"不一会儿工夫，她这自编的四句"择夫词"便像山歌一样传遍全村上下，成了大家茶余饭后绝妙的解闷佐料。由此，她的"泼"加上"狂"，声名更加响亮。

过了两年，这么个结实的人却死了。

这一年冬天特别冷，下了几场雪后，屋檐上又挂着冰凌。我们村里靠公社大田附近有个池塘，那是孩子们常去光顾的地方。夏天，孩子在池塘里捉虾摸鱼逮蝌蚪，水性好的孩子就在河里摆战场。冬天，池塘里结了冰，天然的溜冰场，孩子们哪里肯放过，一群一群的，天天在那里玩得不亦乐乎。这一天有个孩子哭着跑回来找大人，他的弟弟掉到冰窟窿里去了。阿罗正巧在半道上碰到这个孩子，就奔到池塘，旁边已围着不少看热闹的人，也有大人在旁边指手画脚。阿罗一看火了，冲着这些人骂了声"狗娘养的"，就脱了棉袄，跳进冰窟窿。池塘里的水是很深的，花了好一会儿工夫才把灌了一肚子水已奄奄一息的孩子捞了上来，孩子被急送到医院得救了。

阿罗却在当晚发了高烧，又不肯进医院，结果死于急性肺炎，肺烧坏了。临死前，阿罗叫了她后娘一声"娘"，说她亏待娘了。送葬那天差不多全村老老少少都出动了，被救的孩子披麻戴孝捧着阿罗的牌位，一路哭去。

此后再有提到阿罗的，村上人便肃然起敬。老辈人叫惯她"泼货"的，也总要伸起拇指叹几声：难得！难得！我那时确实还很小，对阿罗的记忆总是有些模糊，关于她的好多逸事都是后来听大人们说的。但这几年，听了好些新闻，有救人的，也有要价救人的，还有便是见死不救当看客的，甚至逃之夭夭而心安理得的，我的脑子里这个模糊的阿罗便活了起来，清晰起来。我想，阿罗终究是实现了她的"英雄"梦的。大千世界里，芸芸众生中，怀着各式理想的，最终实现的，又有几人呢？

四季阳光

　　夏日的阳光把她的影子缩成一团。她手上拎着一只鼓鼓的编织袋，肩上搭着一只背包，跟在别人后面走出了火车站。天气太热，她的脸通红，汗水不断地从额上、颈上渗出来。问了好几个人，换了两趟公交车，她才来到这条街上，找到了开盒饭铺的老乡。

　　秋日的阳光温和起来，她两只手各拎着一个装满盒饭的大袋子，快速走着。这片密密麻麻的高楼区，与她熟悉的无遮无拦的乡野稻田相比，反差太大了。她进了大厅，笑着向门卫招呼了一声，随后便跨进了电梯，按了按钮，到了二十五楼，踏进办公室，她喊了一声："饭来了!"又说了一声："今天菜好，有大虾哎!"一个卷发男士替她传唤："阿兰来了，快来拿饭!"一群"白领"很快围了上来。打开饭盒，香气四溢。他们相互打趣，妙语横生，时而夹杂着一两句英语，逗得她也笑起来。她咽了咽口水，急匆匆向大家道了再见，转身走了，她下午还有活要赶紧做。

冬日的阳光暖暖的，她的心也开始暖起来。除了中午送盒饭外，她另外又找了一份工作。她开始往家里寄钱了。她从邮局出来，太阳已落山了。她哼着曲儿，想象着母亲从邮递员手中接过汇款单的模样。她拐了个弯，在一个杂货店里买了两盒好烟。盒饭铺老板接过了烟，皱着眉，踌躇了一会儿开了口："阿兰，你当保洁工的事，今天被你送盒饭的那家公司发现了，人家觉得你又送盒饭又扫厕所不卫生，我与你虽是同乡，但也没有办法，城市人是挑剔的，你不要怨我辞了你。"她咬着嘴唇，点了点头，用手抹去了淌在腮边的一颗泪。

春天的太阳懒洋洋地催人睡。她早早起来了，她已觅到了一份新工作，她当了"蜘蛛女"。为高楼大厦擦玻璃窗的女子，腰上绑着安全带，悬在空中，张开手脚忙碌着，样子活像一只大蜘蛛，人们叫她们"蜘蛛女"。开始训练时，她感到恐惧，想到她的父亲从乡下出来打工，就是为这个城市造房子，不慎从高处跌下来的。但是，这份工作毕竟报酬不算低，她又太需要钱了。她横下心，强迫自己克服恐惧感，渐渐适应了。渐渐地，她的工作效率在圈子里也有了点名气。这片楼区里的大多数办公楼的窗子，她都擦过。有一次组长正好把她分到那幢二十五层高楼里，她贴着玻璃窗，清清楚楚地看到了几张熟悉的面孔。

但是玻璃窗里面的人都没认出这个穿着工作服、戴着大口罩的"村姑"来。

夏天的太阳，热得能把人烤熟。八年后，她又来到了第一次送盒饭的这幢楼，她熟门熟路地进了电梯，按了25楼，到了那家公司门口。几张熟悉的面孔里只剩下那个鬈发先生了，连经理也换了。她捋了捋头发，向会议室走去。不一会儿，她听见新来的女经理正在会议室向属员们自报家门，介绍自己的经历。

"我出身贫寒的农家，但自幼读书读得还可以。父母为了让我能一直读上去，历尽辛苦。那一年我高中毕业，目标是报考北京一所名校，可是家里出事了，父亲是建筑工，从高处摔下来，成了瘫子。我到这个城市打工，做过几十种工作，最初，我每天只吃两顿饭，并且吃过很多盒饭里的残羹。我从未放弃过学习，白天工作，晚上进夜校。对了，除了本名外，我还有好几个称呼，其中两个特别有意思，一个叫'村姑'，那是八年前，一群年轻人用英语叫的，他们当时不会料到我能听懂。另一个叫'蜘蛛女'，这幢楼里，每一扇窗玻璃都曾留有我的手印……"

她的眼睛潮湿了。是的，她确实听见了自己的声音，在空气中跳跃。

两个爱画的男生

　　许捷，瘦高个儿，眼睛小小的，嘴巴有点大。我第一次上他们班美术课时，看他的作业，就感觉到他对绘画有一种天然的悟性。我满心喜悦，开始对他关注起来。后来知道，许捷除了画画，其他主科成绩都不行。他是返城知青子女，小时候读书脱了节，到了中学越发跟不上。

　　许捷的绘画灵性，让我觉得这样的孩子，如不在画画上发展他的潜能是可惜的。我把他叫到美术室，问他对将来前途的设想，是否打算毕业后报考美专，如果有此打算，现在就要好好作准备。那时，全市美术中专仅一两所，招生极少，专业要求极高，临到报考，真正是千军万马过独木桥。许捷听了我的话，同样是满心欢喜。他说家长也希望他将来能吃美术这碗饭。这样，许捷就成了美术室的常客。

美术课上，我常常把许捷的作业展示给同学们看，大家喝彩，羡慕，许捷也渐渐成了同学们眼中的好学生。许捷的性情也变得开朗起来，和同学们有说有笑的。班级里有男生也有女生，碰到有些难度的美术作业，总喜欢找许捷动两笔。我有时经过他们班门口，只要眼睛往里一瞄，一群男生就会一起大声叫起来："许捷！许捷！"这时许捷就飞快冲到门口，仿佛我手中有根线，一头牵着许捷。

某一天，许捷带了一个叫李诚的男生，进了美术室。李诚长得比较敦实，方脸，脸上有些青春痘。他刚从新疆转学到我校，户口落在奶奶家，他的知青父母仍留在新疆。李诚一进美术室，脸上满是惊奇。那时，美术室里添置了好些写生用的石膏像：智慧的伏尔泰、忧郁的美第奇、受难的拉奥孔、威严的阿格里巴、美丽的阿里亚斯……一起聚在玻璃橱里。墙角堆满了画架画板，靠墙的一排大书橱里，除了书、画等资料，还有我经年收集的一些瓷器陶罐等。李诚说，他在新疆没见过这些，他也从小喜欢画画，就是没机会好好学。第二天，李诚带了几张水粉静物画来给我看。画面实在是色彩冷暖全无章法，形也不太准，但落笔颇为大胆，流露出一种自由的心性。他说这是有一次他打听到有个画家在阿克苏文化馆办画展，他走了好多路赶去看，回到家凭印象默画出来的。

自此，许捷与李诚，这两个命运有些相似的孩子开始一起来美术室，课间、中午，更多的是放学后。我那时课极多，终日排得满满的，往往只有到下班时，才有空陪他们一起画。许捷和李诚在我面前很放松，画到得意时会哼哼歌、吹吹口哨。我们也聊天，话题大多与画有关，有时也旁支逸出，许捷谈他钓鱼养鸟捉蟋蟀的本事，李诚则大谈他的阿克苏风景如何美，苹果如何甜，两个孩子对大自然充满好奇和热爱。谈到投机处，他们会忘记我是老师。有一次李诚竟然对我说起，他在火车上碰到一个女孩，父母也在新疆，他们如何一见如故，并互生好感……我一听，真要命，竟想谈恋爱了！可是，像李诚这样的年龄、这样的处境、这样的爱艺术，对一切美好情感的向往，是再正常不过的了。时间一长，师生关系，自然地，就多了友情的成分。记得那年大年初一清早，两人来拜年，见我家门窗都关着，还没起床的迹象，俩人便在楼下对着窗子吹起了口哨。我在睡梦中，终于被熟悉的口哨声惊醒，赶紧跳下床，撩起窗帘一角：果然是这两个家伙！

　　天赋，兴趣，加上用功，许捷和李诚的进步是相当大的，在一次区中学生绘画比赛中，俩人双双得了第二名。然而，许捷的主课老师见到我还是摇头叹气："唉，你的门生，又是红灯！"初三一到，临考的日子逼近，我担心许捷的文化考试，警告他："再不喜欢，也必须要放点心思在上面，专业通过，文化线到不了，还是白搭！"

　　可是，彼此的愿望还是落空了。专业考试，许捷初试、复试都过关了，文化到底没上线，主要是害在外语、数学两门上。孩子多是感性的，某些功课一开始落下了，没弄懂，渐渐失了兴趣就不想学，别人再唠叨多重要，心理上还是排斥它。由着性子来，许捷终于尝到了苦果。那是多年前，放在如今，五花八门的美术专业大增，门槛都降低，许捷哪能不进呢！

许捷最后进了一所航务局办的职校。他见到我，脸上有些惭愧和愁苦。我笑着安慰他："别放弃，天生我材必有用！即使在苏州河上开垃圾船，也可看看风景，画点速写。"李诚的专业复试没上线，后来进了一所普通中专。

三年后的一天，许捷来学校告诉我，他已被学校附近的一家大百货公司招为美工。我大喜，赶紧抽空去看了看。嗬，好气派！大楼顶端的工作室足有百多平方米，里面广告颜料、木板、纸张到处都是。许捷穿着工作衣，神气十足地忙碌着。我对许捷说："你还是要想办法深造，文凭是一方面，更重要的是，进了美院，会有相应的同学群，会有绘画环境，也有可能遇到很好的老师，这可丰富你的知识，开阔你的视野，对你将来的发展有帮助。"

大约过了一年，除夕夜，新年的钟声刚响，我已睡下，枕边电话铃急，一个熟悉的声音传来："我是许捷，我在福州向你拜年！我已辞了美工，因为亲戚在福州，我现在美术系当旁听生，争取明年考大学……"

李诚在离校后也来看过我几次，最后一次是某天晚上，急匆匆到我家，他接到一家画廊的生意，要突击画一批画，需要一点资料。他想多攒点钱，将来如果读美术系，学费是很贵的。我跟他连夜赶到学校美术室，打开书橱翻找起来。

一晃十六七年过去了。这其中我搬了两次家，电话都变了，后来是学校也拆了。我没有去找过他们，但有时会想起他们，快乐的感觉时时还在。他们也许找过我，也许没有。都三十好几的人了，最忙的时候，都在忙吧，相信会是出息的。说不定哪天迎面碰上，彼此惊喜。

衣裳在寻找

前些年我的一位居住在英国的亲戚回来，送给我一套裙装。她说是依照我的样貌特意为我定制的。深褐色的纯羊毛面料，质地有着黑咖啡般的沉着，面料的织法，却呈现自然的手工印迹，裙装的每个部分每个细节，都缝纫配置得恰到好处，让人找不出一丝粗心的感觉。式样呢，亲戚说，是那个国度经典的传统淑女装。

我穿上身后，几乎所有人都欣赏亲戚的眼光。在一次艺术界朋友的聚会上，一位德高望重的老画家细细打量了我一番，忽然发表高论，他对着满座说笑的朋友们说："这是一个讲究突变的时代，今日艺术界的热闹，以创新的名义也好，以变革的理由也罢，但最终不能沉淀为经典的作品，也只是一堆眼花缭乱的泡沫而已。什么叫经典？你们看看这位女士的这套裙装，我们从老电影里看到过，那是百多年前的时装，但现在依然摩登，我想这样的衣服，即使一百年后也不会过时的……"从此，我对这套衣裙有点舍不得多穿，只是在比较重要的场合才请出它来为我增色。

这几年，我人瘦了下来，面色由红润白皙转成苍黄晦暗，医生说我得了焦虑症。也许是吧，总是心情好不起来。弟弟的病，几乎花掉了几家人的积蓄，最终还是把他送往了火葬场；相识多年的好友，揣着从我手中借得的我娘家拆迁老屋后刚分得的份额，奔向他国后从此销声匿迹音信全无……

我对身体安放的这个环境日益不安，忧心忡忡，我是一个曾经多么喜欢写作的人，现在捏起笔来已无精气神，所谓作家，如对这个世界显得多余，写作还有什么意义！我越来越瘦，这样一件曾经让我骄傲非常得体的衣裳，现在套在我身上已过于肥大像是全然不属于我。我躲在家里整日不想出门，亲人们劝我一定要走出去，一个写作者怎么可以当鸵鸟呢。恰在此时，我接到一个笔会通知。

我到会务组报到时，被告知已有人要求与我同室。这是一位比我小十来岁的女士，她虽来自小城，但温文尔雅，谈吐得体。她说我是她的前辈，她很喜欢我的作品，并举出一二分析起来。这让我惭愧，我告诉她，其实我这两年文思渐枯，实在不想用空壳的文字去糊弄读者以赚虚名。但她最后的一句话让我感动至今，她说："你是为经典而写的。"

会议两天，我们几乎形影不离，夜夜深谈过子时，谈文学，谈写作，谈读书……我的心境就在这短短的几天里起了变化，觉得人活着还是蛮有意思的。我突然想到，我的那套裙装对她一定非常合适。我告诉她，若不嫌弃，我有这样一件衣服想送给她，她很高兴，乐于接受。我不想邮寄，以免丢失。我们说好，明年开会，我会带来。

　　第二年，会期至，我精心包裹好这套衣裙，拖着行李箱来到会议地，会务组告知她已与一位杂志社的女主编同居一室。我见到她时，她正与人谈兴甚浓，我几乎插不上话。第二天早餐时碰到，我刚想告诉她衣服带来了，可抽空去我房间一试，可转眼间，人不见了。即使是会议休息时段，她也像一只忙碌的蝴蝶，在人群中飞来飞去。一会儿端着相机给人照相或与人合影，一会儿与人交换名片互留手机号，一会儿又成为几位男士围绕打趣的焦点……

　　午饭后的两小时休息时间，我上楼去找她，她正挽着那位女主编的手下楼，去宾馆外那家时装店。晚餐间，邻桌的她，换了新装，更加流光溢彩。几位先生与她举杯拼酒，笑声、喧闹声惊动了周围好几桌人。

　　我回到房间，躺了会儿，估计她也该回房了。我捧了我那套衣服去敲门，却被隔壁人告知，她和一群人去逛夜市了。

　　第二天早晨，她还睡着，我已乘上火车，返往故里。行李箱里仍放着那套准备送出去的衣服。我猛然觉得，这套衣服，光是这样沉闷的色泽对她也不合适了。我对她终究是失信了。

　　以后，听说她的名气越来越大，并已走出国门，经常出席各种会议。而我似乎越来越不愿出门，与她也很难再见一面了。我时常想念她，想念初次见面时，她羞涩的笑容、诚恳的话语。

　　我依旧瘦，那套裙装依旧挂在我的衣橱里，一直没有身体充实它，仿佛失去了灵魂。它同我一样，焦虑，寂寞。那么有谁适合它呢？

请葬我于大海

屋子里静得可怕，墙上嘀嗒嘀嗒的钟声，在她听来是如此惊心动魄。床上的母亲，双目深陷，气若游丝。

她紧紧握住那只枯槁的手，她要让母亲感知女儿对她永远的依恋与不舍。二十年前，也有着如此相同的一幕。那时，母亲刚刚五十岁，心脏病突发，医生说："病危！家属别走开啊！"她也这样紧紧地拽住母亲的手，母亲真的从死神的手里挣脱掉又回到了人间。现在，她知道，不可能有奇迹了。

然而，母亲仍是清醒的，她微微颤动着双唇，视线将女儿引向墙角的一只老式衣柜。

女儿的心猛地抽搐起来，一大颗冰凉的泪滑落下来。她明白母亲的意思，二十年来，刀一样刻在女儿的心坎上，怎能忘却呢！那天，母亲喘着气在病榻上，一字一句地对女儿交代后事："我一生再无他求，只求你们子女一件事，我死后，随便葬在哪里，但将来决不许与你父亲葬在一起。"那时，她怎么也没料到母亲对父亲竟有如此之怨恨。所幸，后来母亲从死神身边回来了。她这个女儿才有机会探听到母亲的心声。母亲含泪告诉她，其实，他们夫妻俩是一对怨偶，在女儿五岁的那年，一次她去探望在外地工作的丈夫，竟发现了丈夫与一女子相好同宿。当时在妻子的责问下，他作了痛改前非的保证。后来，丈夫落实了政策，调回本地，但是，她发现丈夫与那女子仍一直有联系。

她从母亲口里听到这一切，犹如晴空霹雳！她甚至都不敢相信这是真的。她怎么也没料到母亲一生是如此不幸，而女儿眼里的父亲却一直是慈祥而温和的。她问母亲："你们有没有考虑过离婚呢？"母亲说："大家都有过这个念头，但都没有提出来，一是为了你们两个孩子能有个完整的家，二是离婚影响不好，俩人都是知识分子，面子上也抹不开，就这样貌合神离地凑合着。所以，活着不投缘，死了就彻底分开吧。"母亲又说，"孩子，你一定要记住，并告诉你外地的哥哥，如果我葬于海，就把你父亲葬于山，如果我葬于山，那就把他葬于海，让我们将来在另一个世界里永不碰面。"后来，母亲当着女儿的面，把遗嘱写在纸上，盖了章，放进了那只梳妆盒。

只是，没想到，五年前，父亲已先走在多病的母亲前。那天，弥留之际的父亲，同样向子女交代后事："我一生做过不少错事，死后不要做坟立碑，把我的骨灰葬入大海喂鱼吧。"现在，父亲已归大海，那么就把母亲葬之高山吧。虽然，她每每想起这些，心都要滴血，世上有哪一个子女不希望父母生前永结同心，白头到老；死后葬在一起，相互陪伴？但是，她又有什么理由为了做子女的面子上的一点好看，而要违背悲苦了一生的母亲最后这一可怜的遗愿呢？

母亲的视线久久停在那一角不肯离去。她俯下身，把嘴巴贴在母亲耳边轻轻说道："妈妈，放心吧，我会照您的意思做的。"可是，老人的目光仍停在那儿不肯收回。她只得起身，走到衣柜前，打开最下面一个抽屉，轻轻捧出那只梳妆盒。她把梳妆盒捧到母亲面前，把盒盖打开，取出那份遗嘱。她要把它放到母亲眼前，告诉母亲，请放心去吧，女儿不会违背您的遗愿的。

可是，她突然呆住了，那份遗嘱上的字变了，遗嘱上只有这几个字：请葬我于大海吧。她再三辨认，字迹仍是母亲的，仍盖着母亲的印章，日期是一个月前。她愣了好一会儿，把探寻的目光落在母亲脸上，可是母亲双眼已经合上了。

她泪如雨下，这回，母亲把谜底永久带走了，只把谜面留给了女儿，让女儿有生之涯，思索不再寂寞。

讨分数的人

　　一阵小跑声，学校走廊里一个男生小声急促地叫我，我立定问他："有什么事吗？"

　　他期期艾艾："我——我能到你美术办公室去说吗？"我点点头，他进来小心翼翼关上门后，将手上卷着的画纸摊开在我面前说："老师你看，我觉得自己画得挺好的，为什么只有六十五分呢？我看他这张还没我好呢，为什么你给了他七十分？"他把同桌的那张画也摊了开来。

　　啊，原来是讨说法来的。这是一张美术作业，临摹书上的一幅写意国画——梅花麻雀图。这算是期中考试了。

　　两张画摊开桌上，我给他分析："你这张，梅花点得还蛮像样，麻雀的形体姿态也不错，可偏偏是'点睛之笔'不准确，眼睛画偏了，不是犯了常识性的错吗？他这张也有缺点，梅花浓淡深浅缺少变化，但画面主体麻雀画得还是到位的……"

他听明白了，似乎也服了，但还不走，磨磨蹭蹭，抓了一会儿头皮，终于说出了要说的话："老师，你这次能不能开开恩，送我五分，下次还你行不行？"

我笑了起来，教书好些年了，还没碰到这样的学生。

"你说说看，为什么一定要送你五分呢？"

"你表扬过我的，说过我画画蛮好的。"

"啊，我表扬过你？"

"是的，你表扬过我两次，一次画素描头像，你说我暗部画得蛮透气没有闷掉。还有一次画水彩，你说过我天空颜色染得蛮透明没有弄脏。"

"可是这次你只能得六十五分呀，再说这是考试，老师应该公正是不是？"

"可是我这次已经向我爸说过我美术考得不错的，否则老爸要说我吹牛，又要打我的……"

"六十五分已经超过及格线了，以后再努力一下就是了。"

"不不不，老师我只好实话告诉你，这次期中考，几门主科我都没考好，语文六十五分，英语刚及格，数学只得了五十五分。我爸气死了，用皮带抽我，用脚踢我，说我没有一门考得像样。我说我副科蛮好的，美术至少能考七十分。老师，你看——"

他撩起一条裤腿，露出了几条青紫的伤痕。

我不再多说，拿出一张宣纸，让他重画一幅。半小时后，我用朱笔在他的画上写了个"70"，很醒目。出门时，他向我鞠躬，又轻轻问一句："老师不会告诉其他同学的是吗？"我含笑。

　　今天，我在地铁月台上等车。一旁座椅上一个男子向我微笑行注目礼，而后站起来说："您不是教我们美术课的老师吗？"

　　"你是？"我记不得他是哪位了。他说："我就是那个问您讨分数的学生呀！"于是我想起了二十多年前发生在我办公室里的那一幕。月台上我俩相互把上述故事一点点补充完整。

　　我问他现在何处工作，他说了一家公司的名称。

　　"那么，你现在是否经常向你的老板要求加分？"我和他开起了玩笑。

　　他笑了，有些腼腆地说："我们公司人不多，我当家。"

　　"啊，那你就是老板了，你后来学的什么专业？"

　　"是计算机专业，毕业后搞软件设计。"

　　"你过去数学好像不怎么好的，怎么选了这一行？"

　　"老师，你还记不记得，那次在你办公室里你说过我的一句话，你说，像你这么聪明想得出讨分数的人，怎么可以数学不及格呢！"

　　我说过吗，记不清了。可是他却一直记着，并为此改变了自己。

舞　者

　　她从小爱跳舞，刚学会走路，就踮起一只脚，不停地转圈子，周围人都说这孩子天生是一块跳舞的料。

　　七岁时，芭蕾舞团到她的小学来挑选芭蕾舞苗子，她被一眼相中，进去了没几天又被退回，原因她不是工农子弟。年幼的她得知理想破灭，一路狂奔，从楼梯滚下，一只脚跟腱弄伤，从此她走路稍稍有点不自然。

　　十七岁，她到农村插队落户，枯燥的生活让她和知青伙伴们想起了跳舞，她编她教，让伙伴们都学会了跳舞，当然那是当时流行的舞蹈。渐渐地，她带领的生产队舞蹈组有了名声，几个伙伴先后都被抽调到公社、县里的文艺宣传队，可以脱离农活，到处演出。可是她没有份儿，她家庭成分不好。

　　二十七岁，她在农村待了十年后，落实政策回到城里，被安排到街道工厂做鞋子。邻居大妈给她介绍对象，相亲路上，大妈关照："你一只脚不太好，走得慢点不留心是注意不到的，等一会儿你不要走在他前面。"她笑说："要么我一路跳起来，我跳起舞来是看不出脚有毛病的。"

三十七岁时，她女儿刚好七岁，她陪送女儿到少年宫练芭蕾舞。女儿在排练厅里飞来飞去，她把脸贴在玻璃窗上，贪婪地看着。回家路上，她告诉女儿刚才有个动作不到位，那个动作应该是这样的，她边说边手脚比画。女儿说："妈妈你又没学过芭蕾舞，你不懂不要瞎说呀。"她听了心底潮涌。

四十七岁，她奉命提前退休。工厂关闭了，她另找了一份工作，到一家大宾馆当保洁工，清洁大堂地面和厕所。平滑光亮的大理石地面上，她舞着拖把，左一下，右一下，身如轻燕，飞快滑向前方，门卫看了对她说："阿姨，你怎么拖起地来像跳舞？"是的，她常常幻想自己是舞者。

五十七岁时，她结束了外出打工。她的小外孙出世了，她要帮着带孩子，还要照顾日渐衰老的父母和公婆，她比以前更忙了。每当看到许多和她差不多年纪的女士在广场练习跳舞时，她走过，总要投去深情而羡慕的一瞥。外孙刚会走路，她就教孩子踮起脚转圈子，她的女婿看到了急忙阻止："妈，不可以这样的，摔坏了怎么办！"

六十七岁时，她带领的舞蹈队夺得了老年舞蹈创新比赛总冠军。当记者采访她这位编舞兼领舞者时，她说起了自己的故事。问她，这样的年纪，为什么能跳得如同青春少女般恣意飞扬？她的回答颇具哲学意味，她说："每个人都是生活的舞者，在我一生中，几乎都是戴着镣铐跳舞，直到近年，身上的枷锁没了，我才能跳得如此放纵。舞蹈是心灵的艺术，缺少自由跳不好。"

她的回答和她的舞蹈一样，让所有人喝彩。

追 寻

————

　　这个小区里，几幢老旧公房，外墙涂层已是灰浊不清，且有剥落。另几幢新造的商品房，玻璃外墙，亮人眼睛。两相对照，小区景观不太谐调。

　　冬日暖阳下，出来晒太阳、聊天、下棋的老人们，大多出自老公房。这天，下棋的两老者对着一盘棋，静默好久不动。观棋者也都不语，静观双方运筹。

　　突然间，一声异乡人的吼叫："快堵那儿！"说时就有一只手伸出来。这是一位更老的陌生者，满脸刀刻样的皱纹，身板倒还硬朗。

　　周围人与他有些熟了。知道老人家已近九秩了，孙子大学毕业落户在此，已结婚生子，买了此处商品房。现孩子放了寒假，爷爷奶奶赶来帮忙带孙子，也把这位老祖宗带了过来。

老人身上总挂着一只水壶。上点年岁的人还看得出来，这是一只老旧的军用水壶。原先的草绿色已褪落成斑斑点点，铝质面上有几处瘪塘，壶身上的绑带及肩背带，已换成了杂色的粗布条。老人不时拧开壶盖，对着嘴，抿上几口。

有人好奇，问起这把水壶，老人的脸色凝重起来，断断续续打开了话匣子。

"啊，你们说这水壶啊，那是我当年跨过鸭绿江上前线时，连队里发下来的，每人一个。"

"呀，您是上过前线打过仗的英雄啊！"有人发出了惊呼。"那您现在是什么级别？"又有人问。

"我哪有什么级别，战争结束后，我就复员回到老家种地，我原来就是农民，后来也一直是农民。"

"那您一直生活在农村，日子蛮苦的哦。"

"不苦，不算苦，唉，比起我那些战场上牺牲掉的战友兄弟们，我能活到这把年纪，哪里想得到！现在日子还越来越好过，哪能说苦呢！你们问我手上捧着的这把壶，就是我同村兄弟顺子留下来的。当年我们一起参军，又分在一个班里。头一回上战场哪，就是一场激烈的阻击战。我们猫在战壕里，敌人的机关枪一阵阵扫向我们，顺子刚抬头甩出手榴弹，就被迎面的子弹击中，就在我身旁，顺子睁着眼睛倒了下来。我身上的水壶也被击穿了，但我只受了点轻伤。"说着，老人把身上的棉袄往上一撩，露出一块小拳头般大小的紫褐色伤疤，疤痕似有光泽，像是某些古董般有了包浆。

老人继续说下去："那回我们死了好多战友啊！后来打扫战场，我埋葬了顺子，整了整他的衣服，然后把顺子身上的这把水壶取了下来，里面还有没喝完的水呢，我把水倒出来，洗干净了他的脸和手。后来啊，这只水壶就一直陪着我，如今已有六十多年啦！看样子比你们的年纪都大呢。"老人停了一下，又补了一句，"你们看看，现在周围还见得到我这样的水壶吗？"说这话时，他紫檀般的脸色，开始泛出一种神圣的荣耀感。

周围人被这样的故事打动了，顿时肃然起敬。以后，常聚在这儿聊天的人们，差不多都知道了这把水壶的来历。

这天上午，阳光暖人。人们照旧出来晒太阳聊天下棋，就有人看见了这位退役的老军人，蹲在小区角落处的垃圾房前翻垃圾，两只硕大的垃圾桶已被他翻倒在地，翻着翻着，老人一屁股坐地下，突然放声悲号："我的宝在哪儿呀！我的好兄弟呀……"

撕心裂肺的声音，让周围下棋观棋者，还有晒太阳聊天的男男女女，一下子都跑了过来。

原来，老人的水壶昨天被他的重孙子当玩具扔地下，弄出了一个洞，不能装水了。他想着，哪天能找个人补一下，可哪里知道，当晚孙媳妇就把这破水壶连同晚餐垃圾一起丢到垃圾房去了。

有人想起，运垃圾的车子刚开走。这辆垃圾车要到附近各个小区轮番装垃圾，说不定还停在某一小区里呢！这么一说，于是这一帮子也已上了年岁的人，开始呼朋引友分成几路奔跑起来，朝他们认为有可能寻到那宝贝的地方跑去。他们六七十岁的年纪，相对于这位老人家来说，还是小辈，但他们听懂了这位父辈的呼喊。

急促的奔跑声、脚步声，让脚下扬起的微尘在阳光里闪烁，升腾，飞舞，也和着众人，去追寻那丢失的荣耀与念想。

寻　猫

　　我从她身旁走过时，她拉住了我的衣角。这是一张衰老而陌生的面孔，她定定地望着我，几秒钟后张开没牙的嘴笑了，而后开口。

　　她说："我刚才看见你在纸头上写字，你是会写字的，那么谢谢你帮我一个忙好吗？"

　　是的，刚才我在绿地上与一个聋哑女交谈，我不会手语，所以散步时随身常带一个布袋，里面放着纸和笔。

　　老太太说："我的猫走失了，那是一个听话的小囡呀，它长得好看啊，一身黑毛，亮得像缎子，一双眼睛，绿得像宝石，它懂我的心思，我朝它多看一眼，它就奔过来了，贴在我身上，伸出舌头，舔我的手。我把它当儿子的呀，是个好囡呀，一听我叫阿宝阿宝，它就喵呜喵呜，就好像叫我姆妈姆妈……"

问她的猫什么时候走失的。她说："就在昨天，是被我儿子吓走的。我儿子在家里骂人打人摔东西，阿宝害怕了，就逃走了，这一走，就再没回家了，我寻呀寻，寻到现在都寻不到……"

"谢谢你，你帮我写一张条子，贴在马路上好不好？你就写，谁帮我找到了阿宝，我就给他一千块钱，要谢谢人家的。"

她想了想又说："哦，不过一千块钱在我儿子那里，问他讨是讨不到的，家里的抽屉，他都锁牢的，好吃的东西也藏起来不给我吃的，唉，我没有钥匙呀！哦，不过我还是有办法的，你等等我，明天老辰光我再来。"说完她不等我说些什么，就跌跌撞撞地走了。

第二天下午，我到了绿地，她已经坐在石凳上等我了。见到我，她颤巍巍地站了起来，从手上一只破旧包里，掏出一双鞋子来。这是一双半个多世纪前手工制作的小毛头棉鞋，每只鞋头上都绣了一个红红的"福"字，现在人眼里已成古董了。

她抚着鞋子说："好看吗？这是我儿子过周岁时穿的，那年冬天特别冷，我在生产队里挖河泥，手生了冻疮烂开了，做这双鞋子蛮吃力的，夜里一针针缝一针针绣，花了蛮多辰光呢。"慢慢地，她在两只鞋筒里各掏出一只纸包来。打开纸包，一只金手镯，一枚金锁片。金手镯和金锁片都小小的，只适合儿童戴。她说："你就写，谁帮我找到了我的阿宝，我就送给他一只金手镯，如果人家嫌少，那就把金锁片也送给他。"

她的这番举动，让周围人都围了过来。

　　大伙正想再问些什么，只听一个女人尖厉的声音伴着脚步声朝这边奔来："哎呀！宝根快来呀！你娘死到此地来了！"紧接着，一个五十多岁长相粗壮的男人也奔过来了。

　　看到老人手里的东西，一男一女的脸绿了起来："要死啦！怪不得两样金货寻来寻去寻不到，原来藏在这双老鞋里，死老太婆又发啥神经了！"

　　说着，那女人迅疾把两样东西从老太太手里夺了过来。男人一把将老人拎起，拽着她往回走，老太太赖在地上，哭了起来。女人赶紧帮忙，两双大手一左一右把老人拖了起来。

　　周围人说："你娘要寻猫呢！"男人解释："没办法，老娘痴呆好几年了，那只猫十年前就死了，这几天不知她哪根筋又搭牢了，天天作死作活要寻猫，四处乱跑……"

　　"我要寻我的阿宝呀，阿宝回来呀……"老妇人的哭喊渐渐远去。哪里又寻得到阿宝呢？众人无言，目送良久。

最后的玫瑰

　　在这条小街上，开着一家花店。店主是个中年妇女，雇了一个十七八岁的姑娘帮忙。小姑娘一看便知是个外乡人。小姑娘很勤勉，守在店里，终日站着或蹲着，不是忙着出售花便是帮着扎花篮。

　　小店虽处僻静，但生意还算不错。顾客主要是附近那所大学的学生。情人节、教师节、圣诞节、聚会、派对、生日、约会，都需要花。女孩子常常是三五个搭伴着来，买的时候，左挑右挑，叽叽喳喳很热闹。男孩子往往是一个一个单独来买，看准了买，付了钱就走。

　　有一个大学生引起了姑娘的注意。他总是在周末来到店前，摸出准备好的零票，随手从玻璃缸里抽出一枝玫瑰。他的口音被姑娘听出也不是本地人。小伙子瘦瘦的，穿着过时的球鞋，苍黄的脸色，有点营养不良的样子。

这回，有好几个周末，小伙子突然不来了。姑娘有一点想念他。姑娘想，小伙子买了花一定是送给喜欢的姑娘的。他一定是在恋爱，现在也许女孩不和他好了，分手了，他也不需要再送花了。姑娘有一点为他难受，又有一点为他高兴。乡下人出来读书不容易，把几个钱都买了无用的花，真不该啊，现在总算好了。

可是没多久，男孩又出现在花店前，又开始了每周一枝玫瑰的买卖。大约持续了几个月，小伙子又不来了。姑娘想，如果下次他再来，她要劝劝他，好好读书，不要再把钱乱花掉。

姑娘空下来，常常瞅着那所大学的方向。终于有一次，他们在一家书店里碰到了。姑娘是去买一本插花的书。小伙子正拿着一套书，和店里商量，因为钱不够，他想用一沓菜票作抵押，等回去拿了钱来赎还，他怕这最后的一套书被人买走了。姑娘走了过去，替他付了钱。就这样两个人开始了交谈。谈谈城市，谈谈乡下，谈谈书，谈谈花，两人谈得很开心。

第二天，小伙子来还钱，又从花堆里取出一枝红玫瑰付了钱。姑娘把钱退到他手里："还是别买了吧？啊？"姑娘的声音里似有一种不满，又有一种恳求。想不到，小伙子把玫瑰递到姑娘面前说："这枝花，我是送你的。"姑娘读懂了小伙子眼睛里的话，红了脸庞又红了眼圈，把这枝玫瑰单独地插在一只花瓶里。

小伙子走后，姑娘想了好久，想了好多，哭了又笑，笑了又哭。第二天一早终于把那枝花又插到大玻璃缸里。小伙子来了望着那只空花瓶，问她那枝花呢？姑娘淡淡地说："卖了。花又不能当饭吃。"姑娘想只有这样才能断了他的心思。她知道她配不上大学生，也知道书呆子气的大学生不太会挣钱。小伙子瞅着她，看了好一会儿，看出姑娘眼眶里蓄着的泪，默默走了。没有再来。

又一年的一个春天里，小伙子来了，脸色红润多了。他邀姑娘出来，走到另一家花店前。然后他从袋里掏出钥匙，对姑娘说："这店是我的，我想请你做老板娘。"

梦一样的声音，使姑娘一句话也说不出就湿了眼睛。小伙子告诉姑娘，他大学已毕业，有了一份工作。半年里，每月的工资，每天晚上打工的钱，凑在一起，租了这家店面房，开了花店。他说，只有这样，他的梦想才能实现。他的梦想，只是想找一个肯吃苦肯学习又有爱心的好妹子做新娘。新婚之夜，新娘问他："你怎么会看上我的呢？"他说，他是在买了她很多玫瑰后才发现，她是他最后的玫瑰。姑娘拥住了他。他把嘴唇附在她耳畔，轻轻说道："我们会好的。"

老　曲

最初是在小区绿地见到她，瘦削，苍黄僵硬的皮肤紧贴着面骨。愁苦、无奈的神情，酷似德国版画家珂勒惠支雕刻刀下那些穷苦受难者的形象。她坐在石凳上，手燃着烟，眼睛茫然地朝向远处。

是我先开了口，以后我们慢慢认识起来，她说她姓曲，让我叫她老曲。老曲一家是跟着儿子从东北来上海讨生活的，东北老厂倒闭的多，老曲二十年前就下岗了。来此地生活全靠儿子赡养，一套两居室房也是儿子给父母买的。讲起儿子，老曲口气自豪，称儿子是家中顶天立地一青松，虽不住在一起，但儿子常会来看望他们，还会帮娘敲敲背，剪剪脚指甲。

老曲告诉我她会剪纸，见我感兴趣，她让我去她家看她的剪纸，我知道东北妇女都会一点剪纸。她从床底下搬出剪纸摊了一床，我吃惊了！那真是一个美丽的世界——古老的民族图腾创造着现代童话；十二生肖演绎故事新编；人世间凡夫俗子的耕作喜乐；神仙生活的逍遥自在；梦幻中的良辰美景……应有尽有！老曲说："只要我拿起纸和剪刀，心中的烦恼就全忘了。"这样有才华，生活也算安定，为啥还如此愁苦？

"是因为那死鬼！"老曲口气怨恨，称老伴"死鬼"。老曲说："嫁给他时我也水灵，可后来生了场怪病，皮肤没了弹性人走了形，死鬼就嫌我，常年野在外面不回家，全靠我一人把儿子拉扯大，为培养儿子读大学，什么苦活累活都干过。"老曲说，"他倒好，老了，外面混不下去了，就回来享儿子福了，真是不要脸！回来就回来呗，还甩脸子给我看，一看我剪纸，他就骂，'你这辈子也出不了名，也不照照自己，瞎折腾啥！'有一次我与他争，死鬼操起一只碗朝我砸来，你看你看……"老曲捋起袖子，让我看她手臂上的一块疤。

我想，这老头可真是恶煞啊！可是等我见到老头，却有些意外，老头戴着眼镜，拿着报纸，很斯文。见我进门，忙让座端茶，十分殷勤。老曲说："他对别人都客气，现在对儿子也嘘寒问暖像个做爹的样子，就对我不好，气我。那次我都下了决心要离婚，可儿子跪在我面前求我别离，儿子说，'妈哎，我知道你委屈，过不了几年我会让你住别墅，老头让他单独住，你现在就替儿子忍忍。'儿子这么一说我就没辙了。"

我见老头爱看书报，就出了个主意，介绍老头到一家远点的图书馆，说那里书报齐全。这样，老头每天都像上班一样早出晚归。老曲说我救了她，她能白天在家剪纸了。

老曲开始活泼起来，和我说笑。她说："你们上海人，鞭炮一响，儿子白养，不像我们，养儿靠儿的。"她看了电视剧《人间正道是沧桑》，谈感想："可不，凡是人间走正道的，哪个不沧桑？"我被她逗乐了。

我劝她不要把老头的错时时放在心里，得空好好把剪纸琢磨琢磨，争取儿子赞助，以后开个展览或出本书，对自己一生的爱好有个交代，也气气老头子。老曲一拍大腿："对呀对呀！"以后就一直缠着我探讨她的每一幅新作。我也不改好为人师之习，帮她出出主意，提点看法，诸如构思呀、构图呀、某些细节的处理呀。老曲很听话，也有精益求精的精神，往往一改再改。一次，我看她剪了一幅"牛"，实在不错，适逢牛年将临，我就帮她推荐给一家报社。刊出那天，我拿着报纸给她看，她呆住了。到了下午来敲我门，提着两条上海牌香烟，要我转送给那位编辑朋友，她说给儿子通了电话，儿子说必须送点礼谢谢人家。我直乐，告诉她："人家是看你作品好才用的，不好，你送他十条烟也没用，再说人家也不抽烟，还是给你自己庆贺吧。"她眨巴着眼睛，咧开嘴："真的？真的？"

那年夏天，得知壹号美术馆正在展出"海派名家剪纸"，我想让老曲开眼界，就领着她乘了三趟公交车去参观。老曲很兴奋，打扮一新，还穿了高跟鞋。天大热，车内空调不足，老曲坐在椅子上，把鞋袜脱了，被我阻止。到了展厅，我让老曲先读前言再依次仔细看，她不睬，直接跳着看作品，我把她拽回来。参观结束，高跟鞋累得她跑到一旁会所里，把两只脚翘在红木圆桌上，放松自己，我又赶快阻止。回来路上，她似乎不悦，说我管她像管小学生，又说，有些作品她也不想学。

我作了解释后，也反省自己。老曲剪纸的特色，无论形式和内容，就是一个不讲规矩的"杂"字，其中最可贵的是恣意的想象，你要她往哪种样式靠，强按牛头喝水，也许都不合适。一颗长期压抑的心，需要的是生机，而不是法度。剪纸让她自由驰骋，率性而为，能获得快乐，这于她应是最重要的。而杂，也是一种风格呀。以后我又写了篇介绍她剪纸的文章刊在报上，因为我确实欣赏她。

老曲感谢我对她的好，送我她做的煎饼，我有胃病不能吃。又送我她儿子从威海带来的新鲜牡蛎，我对海鲜过敏，也不能要。老曲光火了，像是在喊：这个不吃，那个不要，那你到底图啥？

老曲终于说出了自己的疑惑。她说："上海人买菜讨价还价，还要捞点葱。你这样帮我究竟为点啥？"我握住老曲的手，告诉她："人与人，有相同也有不同，每个地方都一样。我愿这样做，是因为我爱你的才华。再说，看到你这么美的剪纸，我心里不是也开心吗？"

老曲听我此言，抽抽搭搭哭了起来。过后，她似乎又有些得意，她说："我是感觉自己有些特别处，打小，只要静下心闭上眼睛，眼前都是一幅幅的图像，我只要把图像记着，整理整理剪下来就可以了。"她问我："这算特异功能吗？"我说："也许有点吧。"她好奇："你们当老师的不是讲科学吗，怎么也信这？"我说："讲科学就是相信这个世界有我们还未认识的东西。"老曲叹了口气说："我也信命，你说我什么不好姓偏姓曲，可不一辈子曲里拐弯受委屈吗！"我安慰她："好好努力吧，好运不远了，儿子已经答应你，等你再多创作一些好作品，马上帮你出书办展览，那时你成名了，老头还敢小瞧欺负你？"老曲听了眼角眉梢都是笑。

　　可是，谁能料，好运未到，厄运却来袭击老曲了！大前年秋天，我去了外地几天，等我回来时，老曲一家人竟消失了。听说是，老曲儿子开的工厂，一下子产品滞销临倒闭，因为发不出工人工资，老曲儿子借了高利贷，又还不出，被人逼债，躲走了。债主追到此地父母家，要收房子抵债。有人看见，一个雨夜里，老曲两口子拖着行李箱，匆匆消失在黑暗中。

　　老曲被生活的洪流卷走了！她的人生好似一部跌宕起伏的小说，可是最终结尾会怎样呢？白天黑夜，我时常想起。

大　娃

　　我搬到这儿时，就听见有人"大娃大娃"呼唤他。他矮瘦，身形眉眼说好听点，像孙悟空，实在长得蛮寒碜。怎么会让这么一位担纲门卫呢？有一次我问他："你应该还有大名吧？"他搔搔头，似乎有点不好意思地说："其实我姓王，叫王大贵，大娃是我老娘叫出来的，小时候老娘叫我小娃，后来看我吃得多，就改叫大娃了。我娘说，小娃怎会吃这么多呢，这不是大娃吗？"

　　老娘就大娃一个孩子，这"孩子"也快五十了。大娃家住在离我们这个商品房住宅区隔开两条马路的老旧公房里。一到中午，他八十岁的老娘，就颠颠地拎着两个保温袋，里面大小盒子盛满了饭菜汤水，给儿子送饭来。一掀盖子，无论饭菜好坏，大娃总是眉开眼笑，把头凑近，伸出舌头，大呼："香香香！"

一会儿，风卷残云，全部落肚。老娘说："慢点慢点，别呛着！"又对旁人说："看看，傻不傻，真是饿煞鬼投胎啊！"

是有人说他傻，另外两个搭班的保安没把他当悟空，都把他当八戒，背后常叫他一声："呆子！"讥讽他：当了个保安，拿了千把块钱，像是捡了不得了的好差事，整天傻乐，瞎起劲儿。

大娃的饭可没白吃，不长肉，光长力气。他常邀请小区里男人与他比试扳手劲，可又有谁赢过他呢？这样我才知道，为啥他能当保安。

我们这个小区两百多户人家，三个保安，日夜轮班转。照理，夜班是不能睡的。可到了后半夜，大多熬不住，另两个保安，常被睡虫俘虏去。唯有大娃，到了后半夜，神气更足。腰里别着报警器，手上端着电筒，走东转西，四处扫。

正是这番扫，有一次深夜两点半，果然扫到一个贼。那贼怀里揣得满满刚跃出窗，哪知竟有悟空样的人像是从天降，立马被擒，脖子被手钳牢，差点没勒死。过后，小区人对大娃刮目相看，纷纷夸赞："大娃，你是人小秤砣大！"大娃说："嘿嘿，我早知道，夏天窗开着，贼专拣后半夜下手，我能不防吗？他精，我比他更精！"

大娃在岗，从不闲着，规整乱停的车子，驱走乱发广告的人，清扫不识相人随手扔下的垃圾，还有住户信箱露了一半在外的信件书报，都让他忙碌操心。有时他不当班，白天也会到这儿，东看看西转转。那年雪天他收养了一条流浪狗，那条小狗长了一身疥疮，已快冻死了，大家都说扔了吧，他硬是灌汤灌水寻药敷贴，把狗弄活络变清爽了。又听了老娘意见，给狗起名小娃。以后，大娃到哪儿，小娃跟到哪儿。渐渐小娃也随了大娃爱管闲事的性。比如，某个同类屎拉地上，主人装瞎，小娃就不依不饶，盯着人家大叫大嚷。两个同事对大娃说："我看小娃像是你儿子。"这话是笑他，可大娃不恼，乐滋滋抚着小娃脑袋："是像我，好儿子！"

或许是长相、家境、年轻到年老一直也没有很像样的工作，所以已近知天命的大娃，还是光棍。他的老娘常常犯愁："乖乖哎，你老了咋办哪！你没得娘子我咋闭眼哪！"大娃边帮娘敲背，边安慰娘："姆妈哎，人家说儿子呆，你也不聪明呀。你想，我虽困难，但也不能随便弄个落在篮里就是菜呀，若不称心，待人不好，我不舒服，你更要操心受气哪！你儿子身体好没有病，将来死起来肯定很爽快，眼睛一闭，怕没人送火葬场？"这话把老娘说得心里酸，但也无可奈何。

这件事太突然。这天本不是大娃当班，他又带着小娃溜达到这儿来，到了小区绿地里，看到有辆白色的保时捷竟停在草地一角，大娃转身奔到门卫室问情况。当班保安告诉他，这是某户人家客人的车，打了招呼，一会儿就要走的。这是春节里，走亲访友多，小区里停满了车，后来者已难寻落脚处。大娃说："让他出来，草坪上怎么可以随便停车呢！你没见他后车轮把黄杨树也压倒了！"那保安说："算了，人家马上要走的。"大娃不听，自己去揿那户人家门铃。

那人下来了，一个壮汉。大娃与之论理，那人竟污言秽语骂起人来。一旁小娃突然冲到壮汉脚旁，撒了泡尿，随后咬住壮汉裤腿，狂叫猛跳。周围人都笑了起来，壮汉恼羞成怒，猛地拎起小娃朝前方一块风景石扔去。小娃惨叫一声，顷刻倒地不动了。

大娃抱起小娃，傻了片刻，随后向壮汉扑去。壮汉不经打，一会儿趴在地上哼着起不来了。清醒后，大娃自己报了警。警车来了，把壮汉和大娃带走了。上车前，大娃把身上的保安服脱下，裹住了已经闭眼的小娃，泪水涟涟地对周围人说："帮帮忙，把它交给我老娘吧。"

大娃这一去，再也没见来上班，让大家怪想他。听说他打断了壮汉一根鼻梁、两根肋骨，又听说大娃因付不起赔偿，案子好长时间才了结。过了些日子，有人打听到大娃已在一处高档住宅区里重新当了保安，据说这份工作还是警察给介绍的，薪金要比此地高。后有知情者说，大娃原是六十年代初大饥荒时的弃婴，当年他老娘挖野菜时遇到了躺在小沟里的他。

你的名字叫女人

"这个阿德什么时候不好结婚，偏要放到大热天，弄得别人也跟着烦……"女人立在梳妆台前，一面侍弄着头发，一面嘀嘀咕咕。

倚在沙发上看电视的男人，眼睛依旧盯在屏幕上不睬她。

"喂！我跟你说话呢！阿德不是最相信你吗？跟他说说，缓两个月，天气凉快点，大家都舒服，你听见没有？"

"怪了！人家什么时候结婚是人家的自由，碍你什么事！你操哪门子心？到时候，你只管如期赴宴就是了！"男人瞟了一眼女人。

"神经病！我是操自己的心！大热天参加婚礼，我穿什么衣服去？"

"咦，怪了！你还缺衣服穿？你的衣服开个时装展览会都够了，光是连衣裙就有十多件……"

"死鬼！明知故问！我是说，他若冬天结婚，我可以穿个高领，春秋天呢，也可以围个丝巾，大热天你让我敞开脖子光着头颈，这块疤暴露在众人眼下，你舒服啊！你光荣啊！"

男人明白过来了。

大半年前，女人颈部动了个手术，留下了一道疤痕，从出院那天起，这道一厘米宽的疤痕，就成了女人心头的痛和痒。也记不清放弃了多少个休息日，一次次跑医院皮肤科、美容院、高级化妆品商店。这个不放心，那个不理想。医生和丈夫都说，疤嘛，时间长了，自然会淡下去的。可是，女人还是乐此不疲地东跑西颠，最后竟连颜色深的食品都不敢吃。

见男人闷声不响，女人的声响又高了八度："你不管我，我不去了，我不去了……"

"你作煞了！"男人刚吼了一句，眼睛亮了起来。他赶快拉女人过来："快看，人家穿什么衣服……"

电视里一个模特儿穿着无袖高领旗袍，婷婷袅袅，美轮美奂。女人"扑哧"一声笑了起来，主意打定。

两周后，男人从老同学的父亲手里，千恩万谢，接过了旗袍。看在从小到大一直亲亲热热叫他"伯伯"的分儿上，已经颐养天年不再劳作的老裁缝，破例接了这件对领子高度有特殊要求的活儿。

晚上，女人高高兴兴地在镜前试新装，左顾右盼，刚要得意，就发现了"毛病"，领子的高度正好遮住了她的"痛"与"痒"，但是头颈稍微伸一下，那条不争气的疤还是露出了半厘米。

女人懊丧地将旗袍扔到男人面前，蹙着眉，嗲声嗲气地摇着男人的胳膊，要男人再去老裁缝那儿想想办法。

"有你这么折腾人的吗？量衣服时，你为什么不伸着脖子？是人家结婚，又不是你结婚，大家吃喜酒，看的是新娘子，会盯着你这棵老白菜吗？"男人火了起来，大声呵斥。

"你嫌我老了，是不是？你巴不得我上次开刀开出来最好是恶性的，你就高兴了，是不是？"女人抽抽搭搭哭了起来。

"告诉你，上次检查身体，医生说我心脏有问题，你这么作，是想把我作死，你好再嫁人是不是！"见女人哭不停，男人叹了口气，半真半假地吓唬她。

渐渐，女人停止了抽泣，擦了擦眼睛，过了会儿，从厨房里端出一杯水，又从抽屉里找出一瓶"保心丸"放在男人面前，咕噜一句："你自己不吃药，怪谁！"

见妻子红肿的眼睛，男人有些心疼。想起半年前，她的颈部检查出一个肿块，良性恶性要等开出来见分晓。那时，他担心妻子受惊吓扛不住。可是身体瘦小的她却异常镇定，在准备手术的两周里，把家中诸事仔仔细细安排妥帖后，跟着旅行社游了名山大川，拍了几十卷照片，张张都是笑模样，好像没事人似的。她说，如果没几天活了，更要活得开心。可是现在，活得好好的，却……

男人心里轻轻骂了一声：怪胎！然后一把将女人揽进怀里。

逝去的兰花

　　门楣一块匾，"闻香轩"三个字，金光闪闪。这间置满名贵兰花的屋子，是他一手打造。临行前，他的目光再次一一扫射他的这些爱物。错落有致的红木花架上，古色清雅的花中君子们也都向他行注目礼。

　　当来人将他连同那盆稀世珍品"王中王"，一起请上车时，他猛然间眼睛一闭，夺过那盆，用力砸向地面。顷刻间，盆碎四裂，兰根裸露，花蕊凋敝。这个举动让带走他的人猝不及防。

　　警车里，他仍闭着眼睛，眼前却有一幕幕画面轮番掠过。

　　小时候，他跟父亲去山里采药，识文断字的父亲指着那一丛丛长叶草说："儿啊，这草叫兰花，虽是长相平常，但开出花来，这清香气啊，能让人一辈子忘不掉。"

初中时，他背古文，父亲给他加课，让他背诵《离骚》段落。父亲说："咱乡间的兰花草在屈原的诗里，是清高又朴素的美人呢！"

进城读大学前夕，他特地跑了几十里山路，挖了一株兰花装在瓦盆里，连同他简陋的行李，一起搬到了宿舍里。有同学打趣："你个农民子弟，还蛮有小资情调呢！"

他参加学生会的文艺活动，即兴朗诵郭沫若先生的《春兰》：我们也讨厌人们夸说我们是什么"王者香"，也讨厌人们说我们是"花中君子"，其实我们生长在山地的泉水边……

工作了，留在城里。拿到第一个月的工资，他就买了一只考究的青瓷花盆，给那瓦盆里的兰，换了新装。

结婚那天，他在新房里布置了几盆兰花，新娘嫌兰花太素，他笑着教训新娘说："花如人，不俗才好。"新娘为此有些生气了。

慢慢长了工资。他开始有选择地买一些品种好的侍弄着。到了提升为处长时，公务再忙，他也不曾亏待过这些盆兰。该浇水，该施肥，该翻盆，他一样没忘。

渐渐地，他周围的凡是有点熟悉或有点了解他的人都知道了他的这点爱好。渐渐地，他对兰花的收藏开始了去芜存精，他只收集精品了。他清清楚楚记得，这一盆盆名贵的精品有着不同的出处与故事。

这盆叫"相见欢"的，每一朵花便是一张笑脸，那是老同学为了职称，让他帮忙打点，半夜里竟提着一盆兰花来找他，也算是搭准了脉搏呀！

这盆叫"虎头"的，每一朵都开得虎虎有生气，且常年不败。那是常去的那家酒楼那个胖经理送的，为了让他包工头侄子接上他们单位的装修活，也算是煞费苦心了。

还有那盆"云中鹤"，洁白的花骨朵，左顾右盼，真像仙鹤起舞。这是熊副局长的馈赠。前年单位里一批旧物卖了点钱，给熊局长也留了一份，他老人家也是客气，弄了盆"云中鹤"送给他，那确是难得的珍品啊！日后顶了熊局长的位置，也是熊局长一手举荐哪！

哦，还有就是他手里的这盆"王中王"，那人送上门时，笑称这是稀世尤物有价难觅，他狂喜下竟昏了头明知不可行而为之，违规签下了这桩工程合同，谁知道这豆腐渣工程，竟弄出人命来！

……

往事不堪回首，想到自己，为爱兰花，差不多耗去了一生的心血，现在将要沦为阶下囚，这牢房里，哪能再见这些宝贝啊！想到这些，他终于忍不住放声悲号。

印 记

一个雨夜，我买好面包走出店门又折回来取忘记的伞，看见正往高处取物的女店主，衣袖下滑露出的一截手臂上竟然刻着一条狰狞的蛇，蛇口大开，吐着芯子。我心惊生疑：眼前的她，身材姣好，眉清目秀，声音也是柔柔的，竟如此反差！忍不住问了，为什么呢？

夜深，店里无他人。她向我这个陌生人说起了往事。

"十八岁那年，我跟我们村里一个比我小一岁的男孩好上了。我们那里很穷，我和他都只读过小学。我的父母说这个男孩流气，将来不会是个正经人，要我离开他，可是我听不进。为了摆脱父母的阻拦，于是我们两人逃到此地来打工。他在工地上做小工，我帮他们烧饭。那段时间很苦，但是我们很开心。为了表示他永远爱我的心，有一天他告诉我要在身上刺一条龙，因为我属龙。后来他真的在他身上刺了一条从后背绕到前胸的龙。我很感动，也要在身上刺一条蛇，想让属蛇的他永远属于我，可是他不让我刺身上，他说我是他的女人，他不想让男刺青师看到我的身体。后来我就在手臂上刺了这条蛇。"

"啊，原来是这样，你们现在还蛮好吧？"我问。她沉默了一会儿，轻轻叹了口气，继续说下去。

"他人是蛮聪明的，有做生意的头脑，我们干了好几年后有了一点钱，开始盘了一家小店，再后来我们开始搞批发，生意做得有点大了，他经常要外出进货，谈生意，常常彻夜不归，有一天终于被我发现他有了另外的女人，并在外租房同居，还有了孩子。

"最后我们分手了。分手后我到一家皮肤科医院，要求把手上的这条蛇弄掉。可是医生说刺青的深浅和用药不同，有的可以消除，有的就不能，像我这样的，除非把这段皮肤割掉重新植皮。"

"你离开他后生活得怎样？"我问。

"刚开始日子蛮难熬的，特别是看到手臂上这条蛇，真想把手臂也斩断，所以再热的天，我露臂衫是从来不穿的，别人异样的眼光还不算什么，怕的是自己的眼睛落在上面。"

"我看你现在能平静地讲述这件事，你现在的生活还不错吧？"

"我后来重新有了家庭，我老公是个能体贴人的老实人，结婚前我把自己的经历都告诉了他，对他说我会去医院做植皮手术把这条蛇弄掉的。我老公拦住了我，他说，'我不计较就是什么都不计较，你若动手术再受伤，我倒要心疼了。'

"后来我也想开了，这条蛇就留着吧，它可以提醒我以后少犯错误。我已四十岁了，女儿今年也读初中了。过去女儿好奇我身上的这条蛇，我总是编故事搪塞过去。上个月她来初潮了，我觉得有必要告诉她真相了。我对她说，'女儿啊，你已经开始长大了，人的一生难免会犯不少错误，有的错误改正后，痕迹会消失。而有的错，即使改正了，留下的印记却抹不掉，也许会伴随你一辈子。所以今后啊，在你成长的路上尽量要走好每一步……'"

说得真好啊！生活已教会她哲思，这也是磨难的馈赠吧。

绣　字

冬日暖阳里，她背靠一堵围墙，边晒太阳，边做针线。橘红的丝线缀在深绿色的布上，分外显眼。七十多岁的年纪，手已不太灵活，绣几针，停下来，老花镜扶一扶，再看看。

周围有熟人过来招呼："阿婆做啥针线活呀？"

她回答："绣老先生的名字呢。"大家知道，她老伴是此地小学校里的老校长，退休后出来散步，手上常见拎着一只茶杯。

大家奇怪了，茶杯套上要绣名字，还怕丢了不成？于是她说道起来。

"老先生脑子有点糊涂了，最近这一年来做事经常出差错。前些日子钥匙放在口袋里，还到处寻钥匙，上一次到街上去，回来寻自己屋里寻了好长时间。前几天我女儿请了假，带他去医院查了查，医生说他是有毛病了，恐怕以后会越来越糊涂，女儿让我不要告诉别人，我想这有啥关系呢，周围人知道老先生糊涂了，也会多关照着点……"

"你家老先生文化好，怎么脑子也会糊涂呢？"

"是啊，我也有点奇怪，我想，大概是年轻时脑子受过刺激，再加上后来教书管理学校，一天到晚忙，用脑过度了吧？"

"那你以后要看牢他，不能让他一个人在外面跑。"邻居提醒她。

"那是不行的，他每天要到街上图书馆去看书的，我不让他去，天天闷在家里也要闷出毛病来的，再说他也不是一直糊涂，是有时糊涂有时蛮清爽。他到图书馆里去，一只茶杯是不脱手的，我就想了这个办法，在他的茶杯套上，绣上他的名字还有家里的电话，万一他一时糊涂了，别人看到了茶杯套上的名字和电话，也会帮忙联系家里的。"

"你想得蛮周到的，几个字也绣得蛮漂亮的。"大家夸赞她。

"哎呀，你们不知道，我从前是不识字的。五十多年前，老先生从城里下放到生产队里当农民。一个文弱书生，人瘦得像根豆芽菜，那年生产队挖河挑泥，一副上百斤的河泥担子他也挑不动，那时我力气大，是生产队里的铁姑娘，看他可怜，暗地里就帮帮他。后来他也不嫌我是农民没文化，就和我成了家。再后来，本来是可以返城的，他也死心塌地留了下来，这算起来，我还是高攀了人家呀！

"我没有读过书，不认得字，成家后，他第一桩事就是教

我识字写字，先教会我写自己的名字，再教会我写他的名字，他对我说，'人不可以不识字的，识了字，眼睛里的世界就会变大。'

"昨天我还跟老先生开玩笑，对他讲，'你忘性再大也不可以把字都忘记光的，要是那样我就要教你重新识字写字了，那么你就要倒过来叫我先生了！'我这样讲的时候，他就一直笑眯眯地望着我，说了一句，'只要侬比我好。'停了停，又说了一句，'侬又要帮我挑担子了……'"

说着说着，她笑了起来，脸上泛起一种甜蜜的满足感，声音听来是那般愉悦，周围人也沉醉在她的叙述里。

她的手没有停，继续绣老伴的名字，针线一牵一拉，阳光如碎金一样跳跃在她苍老的手指上。

岁　月

　　三十年前，他和她分手了。分手在将要进入婚期阶段。都是读过很多书的人，先同学后恋人。恋爱到后期，彼此才发觉，两人性格中的差异结合在一起也许并不合适，于是友好地分手了。

　　三十年中，他进步得算是快的。从团委书记到党委书记，有过一段磨难之后又从局党委书记到市长。她在邻近的城市里默默关注着他的变化，而他，对她以后的情况并不了解，或许已将她忘却。

　　现在她正坐在距离他大约五米远的会议厅里听他的发言。她是两年前作为某一领域的专门人才被借调到这个城市参与市政府的一项重大工程建设的。今天，这项建设取得了成功，市长抽空接见了建设者。当然他并不知道她的到来。他依然很有神采，声音中透着自信。但她还是发现了他掩藏着的倦容，毕竟两鬓的华发已遮不住岁月的印痕。

会议后是晚宴。市长和各位领导向在座的来宾频频举杯表示感谢，客人也不断地向领导敬酒致意。市长端着一杯酒终于来到了她面前。"你好，筱薇！你好吗？谢谢你！"眼神中他已经认出了过去的恋人。"您好！您好，姜市长！"她略显激动地回应。

晚宴后，客人陆续步出宴会厅，她走在后面，他握着她的手："筱薇，留几分钟再走！""不，姜市长，您太忙了！""好吧，那我们以后再抽空谈谈，一定谈谈。""好的，姜市长，再见！""再——""见"字未出口，他竟突然间晕倒在地。

睁开眼睛时，周围已围满了人。"市长，市长，姜市长……"声声都在唤他。她也在他旁边轻轻唤他："姜市长您好点了吗？"他猛地坐了起来，愤怒地吼叫起来："市长市长市长！难道我没有名字吗？为什么你也这样叫我？"他指着她，"现在你就不能叫我一声名字吗？"

众人面面相觑，不知所措。慢慢地，他平静下来，声音中透着无力："对不起，同志们，我可能多喝了一点酒……筱薇她是我三十多年前的老同学，我们有三十年没有见过面，今天见面，我很希望听到她仍能叫我一声姜大年或老姜，我，我也是人，除了市长的角色，我也应该有其他的身份……"慢慢地，有亮晶晶的东西溢出他的眼眶。

传　奇

不知道，这是不是一个传奇。

两年前的某一天，在咳嗽了将近两个月不见好后，他决定去一家药店买瓶咳嗽药水。当他从药店出来后，就有一个人奔上来，在他背后猛击一掌，大吼一声："阿贵，你要发财了呀！"他吓了一跳，定睛一看，才认出这是前村拾垃圾的疯子。他哪里叫什么阿贵，他的小名其实叫阿土。

阿土晃了晃手，像拨开一团雾气那样，转身走了，一路还觉得十分好笑。然而，"你要发财了呀"这声音竟像一颗种子种在了他的脑中，很快有了发芽的欲望。二十四小时之后，他决定去碰碰运气。他来到一家销售彩票的小店里，掏出两枚一元的硬币，买了一张彩票。他以前从不相信彩票的原因是，他觉得自己眼下的生活需要一个小钱一个小钱地省着用，哪里敢去赌这种容易上瘾的事情。

现在，他决定去赌一次。就这一次。他怀着热望，等待了一周，开奖的结果是失望。阿土嘲笑了自己之后，突然发现，他摸出的号码与中奖的号码只差了一个尾数，也就是说，如果那天，他只要慷慨一点点，再买上一张，买上紧接着他后面的那张，那么，这五十万的奖额，将属于他这个穷人了，那么他穷人的历史将要抛进垃圾箱了！

阿土懊悔呀！失之毫厘，差之千里呀！"你就要发财了呀！"他现在觉得这句话，一定是上苍借着疯子的嘴巴，对他的暗示。他如果拒绝上苍的馈赠，那一定是个头号傻瓜了。觉悟之后的阿土决定再试试。这一次，他决定加大赌注试试。于是，他毫不犹豫，省下了一个月买荤菜的钱，花了二十元，买了十张连票。

又是一周难熬的等待，结果出来，看到中了大奖的那个号码，阿土心疼得傻了一夜，原来，如果他那天再大方一记，翻个十倍，花上二百元买上一百张连号的，那么这一百万元的大奖，不就属于他阿土了吗？阿土想：有了一百万我将舒舒服服地度过我的晚年，不，我哪用得了这些呢？我要把这些钱匀出来，给儿子、女儿、孙子、孙女、外孙、外孙女，每人一份。儿子见到这些钱，一定不会再觉得老爹无用了吧？女儿呢，也一定会亲亲热热地叫我一声好爸爸。那几个孩子呢，我将袋里揣着钱，领他们玩去，想要什么？说！爷爷买去！……

阿土又想，二百元又有什么了不起！我顶多再节约一点吧，把烟戒了吧！那蹩脚烟早已损害了我的健康！也许我还可以厚厚脸皮问那几个冤家借一点？即使指望不了他们，我还可以学学前村那拾垃圾的疯子，每天早晨或者晚上，趁人不注意的时候，淘淘垃圾桶，一天弄它个几块钱，关键是要悄悄的，我可不想被人发现，丢子女的脸！

大约两个月后，阿土终于凑足了两百元，买下了连着号码的一百张，在挨过了心惊肉跳的一个星期的等待后，失望再一次迎接了他。但是，掉过眼泪之后的阿土，不到一个星期就调整好了心态，因为，"你就要发财了呀"，疯子的这句话已在阿土的脑中长成了一棵树。此后，阿土又开始了新一轮的攒钱和购彩票。

两年后的一天晚上，手持彩票的阿土，倒在了家中那台老掉牙的电视机前。电视机的声响盖过了他临终前从胸腔里迸发出来的一声大叫。三天后，闻讯赶来的子女为他举行了隆重的葬礼。他们头裹白巾，袖佩黑纱，神色庄重，面容悲戚，称阿土为"亲爱的爸爸"。他们为阿土从专用商店里采购了那个世界里用得着的一切豪华物品，琳琅满目地铺在屋外走道上，炫了众人的眼。前村拾垃圾的疯子走过，又是一声大叫："阿贵，你真的发财了呀！"

那么，阿土究竟有没有发财呢？有人问过阿土的子女："你老爹生前是否中了大奖？"阿土的子女一致回答："不要编传奇。"